COSACNAIFY

ASSIM N

A TERRA

LUIZ SÉRGIO METZ

POSFÁCIO Luís Augusto Fischer

Leio, quase toda a noite, e no inverno vou ao sul. T. S. ELIOT
"O enterro dos mortos", *A terra desolada*

Para meus pais, Arlindo e Adélia, há mais de oitenta anos por estas terras.

À memória de Adelmo Genro Filho.

PRIMAVERA

Gavinhas, trancelins, linho colhido. Vapores da terra perto das casas. Recolhendo ramos enegrecidos, a primavera veio brincar mais uma vez no ombro da aldeia. O dia espreguiçava um pouco mais dentro das barras da aurora alongada, rósea e verde. Para os lados do anoitecer forçava o dia seus calcanhares levando a noite a procurar um novo escuro. Setembro é um mês estético, alerta, delgado, quando a gente passa pelo vão da porta. Tempo de alisar os vincos, desdobrar o coração e ordenar os perfumes no penteador, tudo é vitrina. Setembro respinga asas em nossos olhos, tudo está dentro de alguma coisa que não sabemos onde, os travesseiros se iluminam. Cheiro de voo no ar. Setembro põe polens na barba dos avós. Enluara os pentelhos das nossas mães. Muda de casa nossas irmãs. Os irmãos, sem paradeiro, olham fixo nossos pais, que fumam olorosos cachimbos às oito da noite lendo enciclopédias sobre vedas e obscuros fenícios que devolviam seus remos a Cartago.

Setembro ainda usa manta, mês quando se aprende a assoviar. Ninguém usa canivete em setembro, as armas foram enterradas em agosto. Ninguém quer ver morrer alguém. As mulheres queimam talos de rosa nos fogões de chapas polidas. Esperam amar em outubro. Mas se nada se consumar, usarão as anáguas na Semana da Pátria que vem. Botticelli está na porta do colégio de onde saem as meninas para dentro dos nossos cadernos noturnos. Dorme uma pétala entre as folhas dos nossos garranchos.

Setembro assume todas as transparências, seios de bicos róseos, seios de bicos negros, ponta de sapatinho árabe. Um mês que descerra as paredes. Mas nada acontece em setembro, um mês preparatório, natural. As coisas nascem de si mesmas, como no início do mundo. As palavras pouco valem em setembro. Está tudo em elaboração, sem nome. Não há nenhum sistema, os símbolos estão se conhecendo.

Minha avó tinha um código de morisquetas e esgares, cenas de face só em setembro. Ela acumulara desde remotos tules a sensação de que algo valia sobre a terra. Falava um dialeto alegre e pedregoso de um outro povo. Seus olhos brilhavam ainda. Sempre se misturava na réstia de sol descida através da janela de cedro e segredava com os olhos muito postos no rosto da claridade:

– Gomercindo é maravilhoso!

VERÃO

O sol se entranhando no pelo dos cachorros ao meio-dia, abrasando seus dorsos nodosos, deixando-os iscados por uma labareda perene ao longo da pedra das ruas com as patas mal tocando o chão grudento. Pareciam haver perdido os donos de uma só vez. Debelados estavam na canícula irradiada e fustigante, debatendo em raivas de trespassados por mil assovios. Retorcidos, dando com uma das patas no pelo dos flancos. Em pé, em restos de terra, dentavam-se em lances de mandíbulas estaladas e triturantes que buscavam uma pulga nos confins da pele e do suor entre restos de poeira dos caminhos da noite que teve aragem.

Na frente das casas, sentadas em cadeiras de palhas, as mulheres menos gordas se recostavam nas ripas das cercas e suspiravam e se abanavam com tampas de latas esfregando os olhos onde o sal da transpiração pingava espalhando um vermelhão de paisagem em coágulos de umas íris embaralhadas por banha e parquetina. A tosse no verão das senhoras idosas é branda e sem esperança, de funda expectoração e recobrado frêmito, mas são elas que xingavam os netos que corriam descalços arrastando papelões na polvadeira dos pátios e impregnando pó ao gosto do tabaco sugado com ardor entre os dedos amarelos. Os improvisados ventos nasciam nas rebrilhantes tampas de querosene, que desenhavam pontos luminosos e rápidos nas fisionomias delas, parecendo estar todas sob uma imensa peneira que girava sobre nós.

Não havia troca de palavras: todas estavam absortas pensando uma só coisa. E, como de nada adianta, não a repetem. Apenas circulavam em si

12 esse sentimento de modorra, sem ferir o verão. As senhoras muito gordas ventavam-se com as saias muito largas e de tecido ainda firme. Era um ritmo. Quando exclamavam o faziam numa pauta comum que poderia ser desalento ou lembrança. Os vocábulos estavam submetidos a um pulso e a um movimento de coisas rentes aos corpos ensopados e cabelos úmidos: não se mexe uma folha! Uma delas, os olhos vermelhos, o vestido erguido até o meio das coxas, sentada de forma a pendular a cadeira, abanando o leque de lata, disse:

– Tá de derreter Gomercindo!

OUTONO

Começou com um assovio lancinante do vento numa das frinchas frontais do bangalô. Sonido de lábios de madeira, cal e sul. O senhor apenas foi até a janela da frente e baixou a basculante. Um tufo de vento de velo aberto entrou de esguelha grudando no cenho do homem um ar frio de vidro cravado. Na esquina as palhas estavam reunidas junto aos tocos de cigarro e palitos girando em círculos de ar em caracóis. Em anéis suspensos vinham cabelos, folhas de árvore, canetas gastas, retalhos de sacos plásticos, penas de aves, mostrador de relógios, conta-gotas, cascas de taquara e muita cinza de todas as cores, lugares e segredos. De hálito morno o temporal repontava esses despojos em ciclos uns nos outros, entretecendo ruas e potreiros, elevando os materiais mais leves até a cumeeira das casas que havia e fazendo-os descer na obliquidade até as paredes rasuradas desse texto escrito a olhos nus de mãe na noite da casa de casa. Esses restos voavam reunidos e formatados em cones de base e ápice intercambiantes. Um rol de haveres, um rol de havidos, coisas que se despedem já sem olhar para trás.

Nuvens negras tomavam conta do céu. Trovões trepidantes seguiam-se de raios que se alastravam em nervuras fulgurosas repartindo as nuvens como a palma de uma mão que envelhecia e rejuvenescia movendo os dedos muito longos depois até o poente. A chuva principiou batendo forte nas janelas e deitou suas guascas espessas varrendo mesmo, arrancando das paredes uma cor leitosa um pouco azul que descia girando nas sarjetas. Homens pulando sobre a água, sob capas. O olhar laranja-

-madura do outono nas folhas de plátano escorria seu bronze múltiplo na relva. Uma desolação boa e primordial de desagasalho e dedos sujos. Um desenho vertical de entrelaços de rápidas mangas mutantes rastreava o espaço remontando uma outra coisa que o outono queria dizer, alterando continuamente além da molhadura no ombro, no peito e nas costas. Os guarda-chuvas esgrimavam naquela luta líquida de cerdas e barbatanas até bailar em rodas procurando a lâmina do chuvaral.

O homem observava tudo atrás da báscula embaçada pelo hálito, e a palma da mão no vidro procurava desturvar. Assim ficou por um tempo vendo esse correr de mundo diante de sua casa. Estava ouvindo o mio de uma lembrança de uma outra chuva que esteve vendo dali. Mas agora, em sua casa, estava só, sentindo-se um pouco tonto com tanta cena sem fundo. Disse, talvez para um outro tempo da chuva, ou disse apenas para um outro arrabalde, ou disse para lembrar que um dia disse:

– Tá de molhar Gomercindo!

INVERNO

Se o tempo vestisse certamente seria sobrepeliz de pelúcia para usar na vasta noite do sul. Redes de gelo articulando-se com o vento das esquinas esfiapadas pela luz pequena dos postes emoldurados de sereno. De longe vem a geada sobre os cabelos do campo, que trazem o frio até a beirada dos braseiros. O andar acende e a ponta dos dedos roça a pelica e o couro seco dos abotinados. A hipnose aldeã e coletiva faz recolher a lenha seca e fria para o mistério da labareda, sua língua infernal e lúdica dispõe as pessoas em círculos de instinto e prevenção para que se contem os causos. As pessoas sós fazem o fogo para imaginar sua gente, que em algum canto do sul está repetindo em contraponto o estalo da lenha e nos nós dos dedos, com as fisionomias que se guardam nesses álbuns da memória dos invernos. Desintegra e depois reúne o frio os que são dele. Roupas pesadas, mantas coloridas, botas reluzindo graxa de rim de ovelha. Sensação de névoa nos cabides, luz recolhida nos lenços sem partido, um pouco de mansidão e uma meninice instalada, curva e incompleta, na lã da boina.

A velha senhora dentro de casa e na madeira brunida do assoalho arrasta leves chinelos atrás de um torçal e aviva, na passagem, com gravetos avermelhados e lascas de lenha rosa, um fogo que vem de anos. No inverno ela fica à vontade nas chamas para tocar nas cinzas e abrir a gaveta do fogão para ver o que houve. Beliscar no borralho as folhas, galhos, raízes, uma busca que consome: a unidade do fogo, a unidade do pó do fogo. Chamas multicolores de achas multiformes: alguém que tocara o pão, pão que passou, toque de alguém, recordação que está no tempo, no cheiro, nos vazios. No que está puído, no que está curado e no que desperta.

Inverno, flor de paina fria. Nuas árvores dedilhando os galhos nus no dia veloz. Instantes visíveis na manta dos filhos. Noites tão próximas como nascidas de um vaso de cerração, que embaça e renda, e faz dos vultos dos parentes espectros. Madrugada de vento, quando é azul toda ela, para na mão o pássaro que a carrega. Pássaro errado, que anda à noite. Capotes, capuzes, coisas roucas.

Vozes do frio e frias, atraídas pelos acordeões rogados pelo minuano. Para o fim da pequena rua, para o limite, para a zona neutra dos paisanos acordados nos bordoneios. Uma pequena labareda ferventa um caldo num panelão bojudo e o cheiro da tasca é de milonga e carne. Aqui dentro é uma região áspera e desamparada, estreita, acantonada. De códigos sem verbos. Mas a fala e o século se assemelham e o clima determina o diálogo, e é dito que o sul

– Tá de renguear Gomercindo!

I IM

Desses fogos, dessas almas, do negaceio brilhante do sol caindo no fundo da fenda da coxilha, vista sumir com ele, vim. A cidade rejuntada pelas últimas tropas bravias no tablado do pontilhão, rebrilhando aspas e levando varais de roupas para dentro do furacão de carne trêmula e cascos que se ajuntavam uns sobre os outros, o olhar bovino perdido, empurrado pela paisagem e pelo relho, pelos cachorros, por dentro das ruas, entranhados, colorindo de pelo e som os dias que acabaram. Eu crescia. O pataleio fora secando nos trilhos de terra vermelha. Boi e tropeiro, colorados de pó, se foram. Canções de erguidas gargantas queimadas contra as nuvens, rigorosos punhos enlaçados em rodilhas de couro, cederam e se sucederam sob o mesmo céu e desapareceram, ficando em uma de minhas casas um velho quadro de Molina onde um homem sorve um mate numa manhã muito fria e descampada, uns espinilhos em sua volta, um fogo minúsculo aquece o branco dos seus olhos, que estão planos para dentro de minha varanda, onde estou crescendo. Desta casa vejo a outra distante, entre luzes e livros. Quando estou em uma estou na outra, trazendo coisas que repercutem na distância, que está veloz, desarrumada. Pilhando, empilhando, escorando, enxugando depois um haicai que passara a noite no sereno, manchas de tintas descendo para o pasto e na calçada por onde vou. Sirenes apertam reses contra as cercas, nenhuma cede, aspectos apenas de um tempo no outro, interfaces refletidas de uma luz que se apaga dentro desta casa e nasce na outra, que se apaga e se multiplica no escuro, nas fendas dele, nos coágulos de sereno que raleiam pouco adiante do alpendre.

18 As vistas tocam para o fundo as imagens e por momentos carnal e flor se misturam num estranho laço que se arma por sobre e cerra mais rastro que casco. E estira e junta pouco, só coisas imprecisas e imprescindíveis, que esvaziam e pesam.

Depois, passado um pouco, numa altura em diante, cresci. As coisas, então, tomavam um ritmo surpreendente. Descobrimentos instantâneos e relações estranhas. O que parecia alheio adquiria familiaridade, distâncias se uniam, cheiro e som e a descoberta do desespero e da passagem, dos fins nos começos, das resinas que nos povoam e das imperfeições que nos cabe compreender sem concluir, transitando, despistando, se impressionando. Um pensamento plástico, harmônico, e ao mesmo tempo esboroado, escama e esfera. Se fosse possível uma goma esfarelada, uma cena interrompida e recomposta, enorme, quebrada, soldada, recortada de antes e seguimentos futuros, algo malhando friamente a cabeça, cores escorrendo em arcos e pontiagudos reflexos nascendo das bordas das imagens, que sumiam, que reapareciam lançadas em semelhantes e fugidias figuras, que de tão vivas caíam virtuais nos meus pés. Algo palpável em um fundo sonoro, adiante, espécie de parede de recados rápidos, notas por notas a qualquer momento. Ri nervosamente nesses inícios. Depois fui ficando sério. Sensação de aperto, algo caindo dos bolsos para o chão onde nada havia. Um fundo escorregadio sumia um muro inteiro deixando um pátio nu. Não havia mais lados nas coisas. Tetos, janelas, árvores imensas. A tentativa de dar forma ou de articular esquecimento e lembrança, e assim esboços de unidades, enfim foi me abandonando. Uma noite, a mesa de jantar abriu-se em duas, como se dispondo para mais pratos e pessoas. Mas ela seguiu abrindo em um horizonte próprio, de madeira todo. Depois pessoas, tudo pessoas, acenos emaranhados de folha e flores, dedos e palmas, circulando e zunindo. Poderia ver o sangue do meu irmão sair de seu corpo, o corpo secar, qualquer corpo. Na seta do fogo de uma vela, nascer alguém, um mapa, ou só um cabelo sem rosto. E coisas concretas arredando outras coisas e ocupando seus lugares, pernas pairando, torquês, canos cheios de água, pedras de calçamento, toldos, vilarejos inteiros passando por uma sala em uma festividade. Por longos momentos as idades e distâncias se anulavam. Tudo era uma coisa só e sã, tinha nome. Vento sol olhar lua cor corpo e assim um universo. Uma paixão repentina apertava a garganta sem ar e sem saliva. Não lembrava um rosto sequer, mas tinha um nome. Um rosto único de um momento ausente, sem nada em volta, sem ter para onde me virar, pois o rosto perdera o nome. As ruas daquela cidade, íntimas, viraram um extremo oriente de areias e arabescos, a geografia estrangeira bebia numa caneca, ao meu lado. Um poste de luz, quieto e apagado, em instantes jorrava luz e estrelas de tantas cores que dava para ver um sol esmerilhar a ponta alta do poste de ferro. Os fios, partidos pela circular do sol tocando o cobre, espatifavam-se semeando circuitos. Eu corria, e tudo corria comigo, imantados, e assombrados.

Distâncias e idades se anulavam sem vertigem, batiam-se como uma palma na outra, sem ruídos, caindo para dentro de um tempo sem contornos, uma habitação deserta, dormindo as coisas ali, sonho das coisas. O espaço me alcançava em qualquer esconderijo, envolto em sua clara polvadeira, mesmo dentro de tulhas e mesmo rente ao fundo dos enormes estoques de grão dos silos de concreto, coberto pelos germes e pelo verde encapuzado do cosmo daquelas plantas. Garras transparentes do espaço, desalojamento pelo ar e sol. Nada estava, nada esteve. Tudo novo, sem bolor. Uma geração descrita como sendo assim, dessa forma e com tais características e sensações, sumia por inteiro ou escandia para outros locais do mundo, sem lembrança. Todos os sentidos imediatamente sendo revistos. Outro Saint-Hilaire passando por aqui catalogando e classificando, descrevendo e seguindo. Precisei nascer novamente, mas nasci outro. O que houve? Um rito, sem dúvida. Mas o que é um rito de um indivíduo? Para que serve? Quem se interessa por isso? Quem pode saber que sob os cabelos há uma luta, uma agonia sendo travada? Os cerimoniais de angústia e descoberta se dão longe da fraternidade e das bênçãos domesticadas dos domingos. E isso não é diferente de ser para ser. Todos fazem uma oferenda secreta e uma troca de guarda e depois mudam o lugar e mudam o juramento, e apagam da memória o voto, pois sua serventia é nos permitir uma ilusão fraca e uma coragem breve, pois logo morreremos, como os outros morreram, seres que são, de resto, semelhantes a nós, dispostos no tempo, um pouco antes ou um pouco depois.

Havia o alarido que vem do mundo adulto. Listas de pessoas eram convocadas. Mesas de alistamento nas calçadas. Os blindados subiram

para os estrados dos trens. Os ruídos das ferragens mordiscavam a cidade.
A nascente dos heróis do sul flamejava entre noivas na gare, cachaça nos cantis e adeus de mães. Algumas cidades após, um retorno vitorioso e os batalhões silenciaram por breve tempo, no fundo dos seus abrigos, verdes, com as lagartas recolhidas, as torres giratórias enleadas por lonas, as escotilhas cerradas para que chuva não os estragasse. No altar estavam as noivas, depois. E as mães pagaram com ramos a volta intacta dos seus guerreiros. Logo algumas ponto trinta ocuparam a pracinha, senhores se convertiam, era um fervor e uma cassação. De onze em onze eles negavam, desculpavam-se, foram enganados, benziam-se em público, religavam-se. Eram crianças que se tornaram adultas e novamente negavam seus votos. Eram pais de famílias. Vozes dentro dos sinos espargidas nos badalos, mas tudo sumia. As coisas aconteciam nas igrejas e nos quartéis. Mas nem todos eram onze e nem todos os onze renegavam. Mestres sumiam com o som que caía além das últimas matas bem no fundo dos ocos distantes. Algo nos sugava, tragava mais rapidamente que a imaginação: a pátria. Unidos pelo nervosismo, pareciam ter descoberto os subterrâneos que ligavam os sete povos missioneiros. Dos subterrâneos sairiam ouro, anjos, andores e sementes. Nada disso fora encontrado. Vazios sob nossos pés, passadas incontroláveis, íamos andando, íamos nos conhecendo, íamos sumindo. Enciclopédias e catecismos estavam fora de lugar. Um lambuzo psicológico da manhã à noite, orientadores, confessores, pessoas que ouviam queixas e lamúrias com cérebros de escumadeiras que coavam aquele

dizer pardacento e viscoso, uma baba inaugural vagando num tabuleiro. Realmente choveu para cima. Logo embaralhou-se o que restava dos três poderes e o dito e feito foi sendo assim. Para mim foi um momento de arrancar os últimos ponteiros das bússolas. Os pontos de fuga não abarcavam mais a construção daqueles prédios colossais no meio da relva até a altura daquelas árvores tão velhas, girando pelas ruas alagadas de sol, recém-feitas para o novo orvalho de uma nova madrugada regional.

Só ela linda, a noite daqueles dias sem estações balançava sobre as torres. Saí do colégio e fui andando, fui deixando, fui passando. Súbito olhei para trás. Tudo ficara lá, imóvel, impenetrável, dançando nas asas dos galos de lata dos telhados rangentes. Os fogões, as mãos que tocam a cinza e os olhos que a reviram, a memória que isso acende, isso ficou. Pensei em todos eles que me transpassaram cada momento e que sonharam por mim e fui andando. Fui andando onde não havia brita, onde não havia asfalto, por onde a terra era terra, pela fala da água e pela fala da pedra, pela lágrima, pelo tempo presente vazado na camiseta.

Dei um alto e longo grito, que desceu e subiu sem se deter em nada, pelo escuro. Senti que tinha faro novamente, ouvidos novamente. No bolso de trás das calças carregava uma caderneta de notas. Aquela sucessão de ecos se andando, interpenetrando num mesmo som a saliva e a sina da ave na sua senda de ar, semelhante a um jogo de espaço num tempo dominado pela escala instintiva, som gelado de lua de fazer crer, pio e rodopio de espirais lançados no campo, arremessados como se fossem arruelas ou poças sólidas de sereno, discos, esferas cada vez mais vagas e circulares, ondulando em armadas sobre mim e entre bagulhos acústicos numa sucessão de fatias no vento, que leva e é levado até o rio e além dele. Eram as corujas. Anotei: a coruja é um metabicho. Bicho que sabe dos outros e vive a noite e escreve em códigos redondos. Ela se glosa e se grava circulando o olhar. Ela pode ver o próprio dorso.

Subcorriam significados. Busto, cotovelo, asa, bico. Coisas pousadas sobre tramas. Arames que balançam um diálogo de chumbo e envelope, correspondência de caça, estampido, espaço e tropel. O arame, o aramaico, a narrativa. Instantes de mármore e formão no bloco de notas, contornos negros e fantasmais, Michelangelos guaranis retendo a noite na pedra grés para servi-la, em quartos, nas gamelas de timbaúva, a pata do cuco no ombro da comuna, o dia e a noite finalmente separados em pianos artesanais. Eu giro o olhar nessa altura do caminho, longe, nas estrelas. Há tempo agora, posso senti-lo. Fui andando.

Fui andando. Imagens no céu de velos inteiros, gordas serpentes, nuvens que se arrastam por toda a noite falando do clima. Deveria anotar aquela escrita passageira de dois passantes que se observam, avisos, recados rápidos, ardentes, feridos que ficam pelo esquecimento. Renascidos algumas vezes entre funchos e estalos, circulantes, que se seguem e me desconhecem. Um permanente tremor de imagens compostas de maravalhas coladas que se despegam, se queimam e se recontam por aí. Formas perfeitas se não vistas, sequer pela intuição. Eu escrevia naquele almaço

24 uns instantes desintegrados, eu aos pedaços ia seguindo pela terra batida ouvindo os pés murmurarem para a cabeça refletir: tabatinga, saibro, areia decantada, seixos, um osso, água correndo, erosão, tufos de macega, novamente o trilho, barro, terra seca, vidro, rastro de roda, de homem descalço, pegadas de sorro, coisas menores, cães também, sombras de revoo gravadas, gradação da lua seguindo nos baixios, aura de um pano caído, metal, vento reforçando a pista, incidindo sobre um olor, os úmidos amarilhos, a genuína carqueja, os estalantes sumos dos caraguatás, o linguajar dos espinhos, fragrâncias, a intermitência das roldanas das rolas sonhando o dia de grão, o imenso albergue dos chupins escabelados, os rabos-de-palha sonâmbulos dentro dos galhos, a cama de acoos dos cães dentro das picadas arrastando a lata das suas dentadas, a canseira dos dorminhocos enroscados nos vazios, o aço dos ferreirinhos frio sob as asas, a interrogação itinerante da cascavel mudando seus cobertores de casca, a vida fácil no oco dos paus, o gerúndio das coceiras nos pelos, o gambá que é uma essência de bodum, macadame e um Baudelaire macerando todos, a veste de hortelã do leito dos joões-de-barro, a descida abrupta do cará-cará no silêncio do sangue, o abrigo antinuclear das mulitas, a paz privada dos louva-a-deus trazendo em sânscrito o enigma escrito nas costas a ouro e sal marinho, a amargura dos morcegos longe dos violinos, a mescla tremeluzente das matilhas abandonadas ao rigor do instinto, a rede genética das patas das marrequinhas no lodo dos açudes pela harpa da chuva, a língua por dentro e por fora, a via da voz pela voz, a necessidade de dizer

em resgate, a vértebra do verbo, o verbo por dentro e por fora, a flauta de Maiakóvski sem vento e sem sombra, a dança e a dança em duas e as ruas em várias e a cidade em todas e a casa em nada e o sul em vago corte-trilha, reza dentro de bigornas, martelos geográficos descendo e subindo ora em rubro ora em gelo sobre as rosas e as embalagens e mais tarde já sobre as formas e depois sobre os moldes e sobre as máscaras e nos recônditos e desde aí aos bonés coloridos ao redor do diesel e aos empurrões no núcleo dos repechos o trator e na crosta do varzedo e dele à irrigação e dela ao mar portátil na pele da algeroz nos planaltos estupefatos nas bombas de recalque na síntese das piracemas ao cio incontido dos cereais, em todos os amuletos, em todos os patuás, em todos os lenços que nos duplicaram e nos acolheram estranháveis, tortuosos. Os homens estavam vivendo um instante de caos, mas já haviam feito o barro. Agora sopravam.

Tudo estava andando dentro dos sinais. Deveria interpretá-los, revolver pegadas, achar meu próprio caminho, sem a ardência desconcertante de até então, mesmo que turvado até os ossos, mesmo hirto, teso, em gana crua escorrendo pelo corpo. Seguir. Penetrar o poço sem corda, sem ninguém. O que tinha pela frente era agouro, augúrio, gravitações, aves que reluzem contra o céu e somem, forquilhas de galhos que acham água, dentro disso e por isso, andar. Registrar dentro de embaralhados cílios o foco, recorte de algumas coisas. Retina inaugural, não, não era, mas a tábua estava rasa, a via limpa, um carnal cuidadosamente curtido, sem nervos, mapas brancos, mãos ilegíveis, coração colado ao súbito, remontagens, fixações. Imaginar quartos onde nunca haverá sono e buscar o rosto de minha mãe e seu cheiro agora com tempo, a maneira como engruvinhava os dedos em minha nuca, essas coisas que nunca se pensa completamente. Truques de saudade, avivações, colagens, batimentos, vidraçarias que vão se acumulando, formando um todo cada vez mais diferente, unindo fragmento a fragmento tremeluzente, dizendo de pedaços densos cada qual, importantes uns sem os outros, me tornando um alongado trem bifurcante, de variantes intercambiáveis sobre trilhos inversos, disparados, radiantes, sem ordem. Perene pressão e desconforto, ânsia. Mas estava reposto no caminho, chispando, entre dizeres preservados, retidos, abstraídos dos mundaréus entre os mundos morfológicos, semantemas, glossários póstumos, roupões pesados para o verbo quebradiço, cheiro de carne crucificada, religada, Santo Isidro, Ácaba, Hannover, Dublin, al pedo, descendo o caracol da estrada escada, lutadas, lufadas de palha vindas das medas, manteiga, ardil, gadanhos, lanternas, chapéus nas gares, garoa agarrada no sino, loções dentro dos relógios e o tinir dos escapulários na camisa, gente em todas as direções parando apenas para deixar umas coisas nos armários, armários que se armaram no fundo das estações.

As hospedadas se elevavam pois eu havia descido muito, estavam pelo alto iluminadas, à direita, encravadas, com toalhas no sereno, dentro de uma cidade que eu não visitaria. Sobre as mesas havia vinho, vinho de esperança e sabedoria, feito de vontade de dinheiro e pés que amassavam bagos doces, vinho apodrecido e revigorado dessa cidade de que falo, vinho com tampa de lata, sem lacre. Ela vende o cheiro dele, a alma dele, o sonho dele. O sangue dele, do pai dele, de todos eles rola para dentro das taças e se mistura ao pão, cora nosso corpo. Todos eles, é gratificante, serão varridos sob o tapete da serra eterna, pontiaguda, molhada, cega, erodida, enterrada por meu tio, que a envenenou. Cuspo para cima, cuspo para o alto, para que caia a saliva em minhas pegadas.

Uma instantânea vedação nos tímpanos e os sons pararam. Só o coração pataleando, esbarrando, se enterrando até os pés no plasma inconsciente. De todas as perdas somente a da palavra é séria, e quando se está com um til apenas se está muito mal. O raio gráfico pairando sobre a frase vazia, isso é o fim. Estou numa viagem. Estou seguindo. Toque dos pés na terra vermelha, letras no caminho, então. Quando parti, faz algum tempo, comecei a anotar em noites que formavam tríades, ver o que lembrava sob necessidade, conduzindo-me no escuro do sul encravado nos contrafortes, no fundo dos valos, que depois abandonaria. Moscas violáceas, irapuás sem favos, reses salinas. Dentro dos giraus os ratos mancavam rente às espigas. Potros desvestidos preparados para os freios, sangue de dentro deles com bocas cerradas no aço salgado, socos, socadas para encurtar a distância, tirões, machucando e educando. Gente que trabalha assim, recolhendo sebo para dentro de cilindros de alumínio, que faz velas votivas, que circunvaga dentro das propriedades, que faz carreiros junto das cercas com o olhar posto na luz distante. Seres que se dão a entender cadenciadamente, que sequenciam, embalam, remetem, recebem e pagam. Fabulam com o branco dos olhos a história das labaredas, ditas, ouvidas, propagadas. Acabei tendo que pensar sobre isso.

Agora só andava à noite e escrevia velozmente. Apontamentos que me ajudavam a encontrar um sentido menos instantâneo que os de até então. Uma luz escurecida ainda me habitava e, se persistisse, me cegaria, mas falaria por mim, se alimentada pelo meu apontamento, se desse a ele meu passado, se isso de simples fosse possível: apagamento. Descia por umas borrocas, a aspereza entretenia. Cheguei mais tarde a uma encruzilhada vista ainda do alto. No centro dela um homem carregava terra e buscava mais numa das margens do caminho. Tinha uma gaita-ponto às costas e caminhava ligeiro de um lado a outro. Não me viu. Ficou trabalhando ali, carregando terra até fazer um monte, e diante dele, depois, se ajoelhou. Foram as primeiras palavras que ouvi em curso:

– Tatanho, me ajuda, me ajuda, Tatanho. Meus dedos estão dentro deste formigueiro que eu trouxe para ti. Ensina-me a mazurca. Meus dedos estão gelados de ferrões. Leva os meus eternos contigo. Sonhei com isto, roubei por isto. Estou entregue.

Ele descendia dos linguarás. Aquilo era um rito mais ou menos normal entre os embriagados bugres. A alma não valia muito entre eles, que amavam uma espécie de arte mística. Queria vendê-la ali. A gaita estava no topo do monte e ele fora cobrindo os foles com terra e formiga.

Havia mais dois, meio afastados, com ares de ríspida cumplicidade dos tangolomangos. Um no pandeiro, outro no violão, e queimavam cisco seco e erva verde com cheiro de picão para o vento remoinhar os rolos de fumaça onde se dava o cumprimento. O do pandeiro usava um chapéu magueira de abas abertas e copa remanchada e desbotado como fervido, com o barbicacho para trás, junto das gadelhas irritadas, furando a cena com os olhos, os olhos consternados e lejanos dos que benzem tormenta no fio do enxó. Repicando o dedão no couro para que o guizo das latinhas, num crescendo comedido em ruflos que sufocava ao espalmar, fosse sorvendo e suprindo o pontilhado miúdo e menor de uma missioneira, que normalmente se toca para dizer algumas rimas a um morto. Quase num passe, cerrava o punho no alto e descia brusco o cotovelo no couro para um silêncio breve e solene, mirando em demasia a encruzilhada, como de um mangrulho, pelo estirar do queixo compenetro, de quem vê o mandinguento brilhar os cornos na touça. Jogou mais um ramo sobre as brasas. E voltou ao veio do som rodando a ponta dos dedos no aro num zigue-zigue quietinho, confrangido na fé, se arqueando convulso, o pandeiro envolvido na goiva do ventre, para a ascensão do outro, que bordoneava nas cicatrizes entre os trastes, com seu chapéu tapando a cara, marcando o tempo com um ombro e uma bota, na manha do bruxedo. Atossicado por tudo e sendo servido de fumaça, em um transtorno sombrio, o linguará destravou:

– Formiga ardedeira, formiga preta da bunda grande, formiga cortadeira.

E fez uns vus de pura tensão e uns sinais e bateu uma mão contra a outra. Estavam inchadas, mas a carne não estava viva. A mandinga deu uma outra cor desde os cotovelos. Vi que vertia uma espécie de cerração dos punhos e foram se iluminando as palmas cobertas de cisco e um vento, que poderia ser sopro de desespero ou pura mandinga. Aí a carne avivou, respondendo ao encanto. Os dedos das duas mãos se moviam rápidos. O rosto, sob o chapéu, era uma coisa maravilhada. As costas suavam. As formigas estavam em toda parte. Depois tirou as botas e pôs os pés no viveiro, que fervia. As formigas ficavam quietas assim que ferravam e depois retorciam-se para o alto da pele. As cortadeiras, meneando os mordentes, acavalavam-se umas sobre as outras e iam subindo contra o pelo. Afinco e lástima, mas sem gemidos. Ele estava sublimado, retentivo, radiante. A pele exposta crescia ulcerada em vergões.

– Dófásoldó – dizia sem parar. Elas, ferozes, cavoucavam nele, que permaneceu elevado, harmonioso, seguro ali naquele arder. O vento, de fato, veio, seco e cúbico, e apenas desceu sobre ele, jogando longe seu chapéu. Depois ouvi um berreiro transtornante, que talvez fosse do linguará, não sei, pois eram instantes de dealbamento, de depuração, onde também para mim tudo ficou convulso. Uma cor avermelhada parecendo de sangue na bruma delimitava aquele espaço de mutações, onde tudo ficou muito urgente. O gaiteiro rebolqueou sobre o formigueiro e depois aquietou não sei como, deixando sua cabeça tocar os ferrões. Em instantes saltou fora e foi buscar uma garrafa. Bebeu rápido e borrifou também as formigas esguichando cachaça pela boca. Sequer uma vez retirou alguma formiga de seu corpo.

Ficou em pé mirando o monte, com as pernas um pouco afastadas e a garrafa pendendo na mão, santificando-se. Voltou a beber e jogou para longe a garrafa, já seca. A quietude retornou, mundo dentro do mundo novamente. Ele deitou sobre um dos trilhos da estrada, a cabeça sobre um dos braços. As roupas estavam sujas. Quando pôs-se em pé, pegou a gaita pelas alças e se foi. O do violão e o do pandeiro seguiram para outro rumo. Longe, os foles abriram e fecharam, trocando as vozes. Encanto e ré perfeito conseguidos assim: expiação, purgação, dor: oco do mundo aqui. A gaita seguiu soando cada vez mais longe, umas melodias que falavam de amor e bois.

Desci até a encruzilhada. Fiquei pensando se realmente o altar onde vamos cultuar e imaginar é a tábua ou é mais que a tábua, se a toalha que o cobre é apenas pano e é mais que o pano, como essa terra revirada pela esperança estética do bugre é apenas um trecho de chão. O solo estava bordado e assim não era terra e trilho e destino. Tinha um novo nome: desemboco. O chão do culto, sua força estranha permanecia, transe poderoso em terra pública. Fileiras de botões sonoros, ferroadas, paramentos elementares distinguiam a posição de um homem no mundo envolvido com o diabo, as formigas e a música, o seu mundo. Me aproximei do formigueiro e realmente havia três tipos delas e estavam atiçadas correndo sobre o monte esboroado. Se colocasse minhas mãos ali o que eu pediria em troca? Chegaria o vento com os seres dentro dele que do rito se avistam e desceriam uma caderneta cheia de notas perfeitas sobre alguns instantes que provavelmente estão a minha frente? Eu a guardaria no bolso de trás e estaria igualmente incompleto, envolvido num leque de angústias que afloram depois de cada parágrafo? Mas se conseguisse escrever, na intercessão, uma parábola missioneira genuína e geral como a melodia que toca o boi e o amor com simultânea embriaguez? Poderia enterrar minhas mãos na terra ferroante, mas o que quero em troca? O que quero ainda não sei, não sei de nada.

Depois de algum tempo deitado, tinha os pés frios e neles havia algo em movimento, parecia que a estrada ainda passava por eles. O clima me envolvia semelhante a um texto circundando, guarnecendo, justificando uma oração. A aragem estava ficando úmida. Era sempre noite, sempre um horizonte fumegante e uns tons colorados e retorcidos, marcados também por um azul, por um azul cortinado atravessado por luzes, luzes grenás e verdes, cantarolando e escrevendo coisas da natureza, um empaste de tinta e labaredas amaciadas ou esmaecidas pelo orvalho, penetradas por ele, como uma folha lida que vem num foco de lembrança. Mas se tocasse rapidamente o chão ele poderia ser madeira, estrado, folha de jornal, espuma de dez centímetros. Se puxasse um galho de maricá poderia perfeitamente me cobrir até os ombros e esses abajures que incidem cônicos sobre a página duzentos e sessenta e sete do livro salvador que não estava ali, mas estava em todo o meu imaginar, e eu não poderia mais abandoná-lo nem recuar sob qualquer pretexto. A memória estava em todos os lugares, sentindo e me dizendo coisas em obscuros fundamentos e códigos de significados arredios e conjurados, uma estamparia que por si só era improvável mas não inútil, um tronco rachado onde há fibras e acasalamentos de minerais e onde sim tudo é segundos que se solidificaram revestidos por outros, folhas em estado puro, folhas que não necessitam nada além dos dedos sobre nervuras, que dispensam o olhar, que nunca serão paginadas, sublinhadas, marcadas por dobras, salivas e digitais. Biblioteca de árvores que leram a terra e se entranharam dela, de sua água e sua sorte. Os tomos com casca, camisa acumulada, escurecida, letras de resina gótica calafetando com estopas de cera a forma descansada. Demão de orvalho sobre orvalho, a rugosa veste do camboatá, do aguaí submerso, das folhas renováveis e dos talos que se conjugam no florescimento, flexões tenras, orelhinhas verdes, futuro da árvore e da sombra. Depois de tudo isso madeiras que ficaram curando na chuva e no sol para se tornarem longarinas de ponte sobre o rio que desce no rolo do pedregulho luminoso, vivo pela luz, pelos pontiagudos pontaços do raio no seu dorso, lã líquida e musga, mastigada pelo cardume, a cabeleira dele, o rio, rodando no remanso, polindo o osso dos minérios, restos de anzol dirigido pelos lábios das fendas de sábado. Eu estava dando um adeus. Adeus ao forasteiro, ao que de si era de fora, nas ruas, no anagrama dos capotes. Segundos de se quedar quieto, secretamente, deitado com o rosto voltado para o céu. Tempo de renguear e derreter. Baixar a guarda sob a sombra, render-se, entregar através do vão da porta aberta a carta que germinara, gravura do branco do olhar no plano imenso da sala.

Pé por pé nos pesadelos. Nada pode ser acordado bruscamente. Os pactos estão circulando: na mesa os garfos estão se cravando nos pedaços vivos: Deus nos fez com pressa, as mãos para o alto e o olhar para dentro, poucos no começo e poucos no fim. Vou indo. Espírito estendido no arame para ourear, receber a ação da noite. Esmiuçar com o olhar, amiudeirar, moer a cinza onde viveu o fogo por uns dias depois de uma rápida e isenta civilização que por aqui descansou as trouxas. Animais ultrapassados que ainda perambulam com suas íris amareladas entre touceiras que estalam e as covas que refulgem, fumando, bebendo, orelhando velhas sotas entre níqueis empilhados sobre a mesa redonda, os cavaleiros de tábua rasa. Sentir-se raso. Apagando. Rever, assim, seres que se ajuntam no bolicho, que leem o mesmo rótulo, cheiram a querosene da véspera impregnada no ar e todo o trigo, os dedos nos baralhos sebosos e o resto estreito dizendo nas linhas da palma, nos calos que a luz do lampião empunha, alguns cabos artesanais sob bainhas em longas lâminas envolvidas, cabelos revoltos e feixes de nervos crispados pela lua entre a nuvem na meia folha de janela aberta. Saudade de um formato de lampião colorido por mãos chinesas onde no vidro há um galo cujo peito em chamas canta pela peça toda e canta pela ausência, canta muito alto e por onde nunca esteve, canta por nós sua claridade e nos concede profunda melancolia, canta nosso destino, canta nosso segredo, nossos casacos de ombreiras e nosso lenço negro com franjas ásperas, nosso espírito ele canta em fogo, seu pavio imóvel veda um do outro pois cada um ouve só o seu viver, e ele canta uma tintura e um lugar e uma parte de uma casa, canta um arco perfeito e vermelho entre os estanhos de sua ferragem e os desenhos de suas asas.

Éramos os irmãos da véspera, unidade galante, volante, sem sono, que levam o galo desenhado nos olhos. Rebobinar esta estrada toda e devolvê-la às mãos que tecem um rabisco dentro de outra luz que se veste contra o agouro que avança, que é previsto, que é feito de nós, material que buscamos, de espelho e pele, de recados e descrições que nos habitam em estranhos amuletos polidos no suor que o vento trabalha. Ela, que deixamos, a mãe, está nos pensando agora, reunida entre seus ramos que foram novamente santificados pelo sino e pelo sul, em sua morada e em seu tear, descartado de luz elétrica, ela está entre fátuos enlouquecendo seu oráculo nos seis cômodos vazios que visita e cheira e vê que ali ainda há restos de nós que ela fez quando ainda tinha a linguagem da neve, as coxas quentes e seios duros para jorrar de si quantidades de homens que jamais seriam contidos. Reza o vazio todo até que nos alcance o ácido da sua lágrima, que nos esmigalhe e nos santifique com suas mãos vertendo ervas e laçarotes de linha de torçal com gosto de comida.

Mas se a mãe depois disso não nos alcançar com seus rogos, logo ali ele, o poeta que mora na pequena cidade que avisto ao longe, está imerso nos tafurnais e mais triste deve ser seu desamparo, varando a noite em esgadelhos e registrando as provas que relê nos primeiros raios da manhã. Limpa a lente dos óculos, caminhando alguns passos entre torrões, pagos e vestígios, lê os lábios da labareda que viu em menino: cenhos, cenhos angulosos, alpendres, coisas que escapuliram no vento que vai e vem, fragmentos vocálicos, polvilho, pedais, astros que urram, montarias, caravançarás, coisas de espora, adâmicas sutilezas que se escandem em sua caneta entre Flaubert e Güiraldes num domingo chuvoso vendo, sob a ramada, um homem falquejar uma canga.

Sonhando, fui sacudido por um foguetório que expectorou no céu na linha do meu ombro esquerdo. Eu estava próximo a uma cidade, quase junto à rodovia. Era um bolor de gente que se atucanava entre luzes e roncos de motor ajustados na mesma marcha. Eram máquinas imensas o que vi, com beleza e harmonia, e avançavam lentas sobre rodas altas, negras e polidas. Os rodados traseiros moviam os utilitários que tinham na frente grandes plataformas que giravam cilindros com hastes de ferro. Os motoristas estavam quase pairando sobre as máquinas, em bancos anatômicos. Moviam as direções hidráulicas dando voltas nos volantes com apenas um dedo. Havia rádio nas máquinas e estavam sintonizados na emissora da cidade. Saudações e esclarecimentos e coisas complexas que se iniciavam. As máquinas bastavam para atordoar sobre o asfalto. Escolares no acostamento. Já tinha gente bebendo e homens trouxeram assadeiras quando as máquinas pararam, com os motores ligados. Se montou o churrasco, era uma unção ali junto ao pórtico de entrada e as coisas assim aconteceram. Todos falavam, parecia um evento botânico, uma comemoração ímpar ao nascimento de um utensílio maravilhoso que estava prometido. Para tornar familiar o acontecimento havia comida e música entre as máquinas e um embaraço nos oradores que dispensavam a gala. Igualados, estavam encalacrados numa curiosidade furungante e destemida.

As luzes das máquinas estavam acesas. Eram automotrizes New Holland e eram amarelas. Já não traziam mais a forma nua das ceifadeiras estacionárias, nem trepidavam como elas, nem expunham as entranhas de latão galvanizado, aquela dentação feroz do ferro na palha, visível e de operação perigosa. Tinham rodados trigueiros e arrozeiros. Formou-se um negócio ao ar livre. Comparações. Alguns batiam com o punho nos pneus e depois calavam a unha na borracha maciça: bumbo. Havia faróis de milha e correias e correntes e espias. Formavam volumes harmoniosos e tinham aquele poder misterioso das coisas que se enfileiram.

Depois tentei esquecer aquilo tudo e reconciliar-me. Queria seguir pensando uma cena de infância. Mas o alumbre dos faróis das automotrizes permaneceu. Ouvi mais tarde elas partirem ainda sob fogos. As máquinas entraram na cidade pela avenida central, em fila. Cerrei os olhos. Uns poucos cantos de juriti ainda poderiam ser gastos para chamar o sono. Quantos cantos ainda eu poderia usar? Se soubesse talvez não os usasse assim para passar o tempo. Fiquei por ali, atirado. A noite estava apegada e muito íntima, pedindo para ser sentida, entendi que ela também carecia, que ela gostava de um toque qualquer. Poucas estrelas, poucos recados no céu. Pontos do Cruzeiro iniciando seu giro, o mundo é aqui e ali.

Uma infinidade de pequenos começos enxameava minha cabeça cheia de assuntos. Bisbilhotações, substratos corredios, tentações intercaladas e confundidas procurando um curso, uma vontade pelo alto, pelo lado, pelo depois. O clarão daquelas máquinas estava centrado mesmo em todas as averiguações, em focos que se abriam e fechavam, escureciam e depois retornavam, panorâmicos. Eram maiores do que eram, mais verdadeiras, minha lembrança estava cheia delas. Pensei que assim as coisas entram na gente, sem querer elas faziam parte de mim agora. Nunca as imaginei, nunca as procurei e no entanto elas se misturavam entre os nascimentos da memória, e para sempre estavam ali, amarelas, e sequer estranhas, sequer dissonantes no povoar de imagens. Associavam-se e autoevocavam-se, parecia que fora ontem. Transitavam livremente entre xergões e estrelas. Pensei em rejeitá-las, expulsá-las de mim enquanto era tempo. Mas o que passa pela cabeça, não passa. Gostaria de entender isso para poder evitar certas evoluções que interferem na maneira de pensar e de agir dos daqui, mas nunca consegui comigo e por isso acredito que é difícil também para os outros atingir o isolamento. Poderia ser uma fraqueza só minha, mas se fosse só uma fraqueza como explicar as longas horas passadas sobre um verso inovador e proscrito de um poeta estranho e procurar afinidades com outros daqui, alguns inovadores mas familiares demais para o estranhamento? Solitude.

O sol descera pela urna da encosta, as aves com alguma clareza se recolhiam. As máquinas não. Paradas, em movimento, de madeira, de amarelo, iluminadas, suas histórias nos ombros, uns materiais inventados que ao derredor formavam vilas com bangalôs e bailantas, baralhos perfumados com talco. Não eram de avós nem vinham de ninguém. Eram de graxa, gasolina e luz, descontínuas e cortantes. Nuvens de chaves de boca, catracas, teodolitos, planilhas, veneno em tonéis, assuntos que ainda não são comuns. Pó secante substituindo as ervas de folhas gordas, água oxigenada que fervilha dentro dos lanhos, diesel, fim dos ajojos e as incontáveis juntas de bois que lavraram, silhuetas pesadas nas restevas, interseção nos miolos indecisos entre os serás, velozes, nas polias da alvorada. Coruscante dúvida, dilemas em remoinhos, elas penetraram as vicinais até o sem-trânsito, no oculto, na erva intocada. O fulgor das luzes escapou para sempre da casca dos faróis, fátuo tecnológico dentro dos galpões visitados apenas pelo vento estranho, de onde só saem a fumaça e o silêncio, as cambonas enegrecidas, alguém que arrasta as pernas no círculo de chamas, risco de banco no chão batido, o mijo demorado nos troncos, a cara voltada para a noite, as narinas abrindo para além da restinga onde estão pessoas ainda em pé junto ao vinho, entre candongas e cábulas. Retorno ao centro aceso onde arde o cerne de cambará, que expele um cheiro de frade verde e depois sobe para descansar nas telhas, no lado de dentro do sereno, onde nunca bate o sol. Ali um velho conta uma façanha feita com aspas, espora e visagem. Mira sua cara enrugada com o olhar disposto de moço que vence e diz do antanho que recolheu numa festa. Arma o imaginário laço a pele toda do braço até o fim trêmulo em dedos e enrosca sua voz na nossa e passa a braça toda da corda em volta do fogo. Depois ele apaga a cena, fuma, e diz... "Uma nôte de junho em..." E fala de um certo acampamento no vau de um cerro. Cospe ao lado do seu banco. E assopra a brasa do palheiro.

Levantei para circular. Voltei a olhar o longe todo e notei que as sombras tracionavam as moitas. As máquinas deixariam minhas perguntas em paz, eu as esqueceria como tenho esquecido de outras coisas de que não tive respostas, penhascos de memória, novidades, pilhas de deslembranças desde sempre. Fui anotando: há quem marque as empunhaduras de suas armas para lembrar um feito. É uma forma lapidar de narrar sua vida, ou forquilhas de bodoque, ou arcos de flechas, ou madeira de lápis, ou perfuram a pele com adornos, que é uma forma de estar com suas coisas. A pata de uma rola pode marcar o glacê de um bolo de festa, um cavalo pode marcar sua pata no pé de um homem, um cachorro pode inscrever seus dentes na barriga de uma perna, uma cobra pode abreviar todas as recordações em um lance de língua, uma mamangava pica tão fundo que falta gente para acudir, vidros de garrafa imobilizam por muito tempo pés que voam. Se somássemos todas as nossas fragilidades não seríamos reais, ou tentaríamos nos fazer de outro material. Por isso somos para os pavilhões de isolamento, seres para o emplastro, o cataplasma, a febre. Abstratos, homens de surtos, plenos e instantâneos, retornamos para a noite anterior, pela mesma vereda e pelo mesmo céu, mas já em devir, mas já outros, pela dor e pelo riso, infiltrados nas trancas do destino como traças, trapaceiros, sacudindo as moedas no fundo dos bolsos, caras e coroas, sujeitos a prognósticos, penhores, tratando de dar um jeito, suportando. Quem pode ficar a sós com sua alma? Nós não a vemos, só os terceiros a enxergam. Mas os terceiros não enxergam as suas e nós somos os terceiros dos terceiros que não sabem como são, como nós eles também dependem do nosso ângulo, do nosso juízo, da nossa posição no esquema, como deles, dependemos de portas que nunca estão de todo cerradas mas que também nunca estarão de todo abertas e nem de todo transpassadas. Alguém beberia junto, no armazém, sobre as palhas de linho, se o olhar evita um pacto? Há uma rede comercial de vendedores de botões. Mas o mostruário é o que interessa, as cartelas de retalhos de tecido que eles levam é que são o novo, mesmo o giz fosforescente não as iguala. Mesmo os botões, que é o filão. Das cartelas a alma o que compraria? Compraria coisas para a sua fome ou coisas para se guardar? No imenso negócio, que vai além de botões e tecidos, o sol entrava por uma telha de vidro, rebatia no baleiro, ricocheteava em nossos olhos vivos, ele procurava alguma coisa, fugido dos amplos planaltos, um endereço, a asa de um pássaro que se escondeu numa tulha, nos velos amarrados, o raio sobre a ratoeira, novamente os botões, as cartelas, fivelas douradas, uma mulher entrou e tem as unhas pintadas, o sol está nela, mas ela nada compra e nada diz, quando sai não escuta os tchamanhá, vive da cabeça aos pés a porta por onde some, cabelos às costas, os trilhos da estrada, um ponto de carne, cartela e sol.

Todos entram e saem, situações. O sul está uma joeira, coisas caindo dele, que tramou isso e fez uns furos para dar passagem. Movimentos frenéticos. O horizonte está tenso, mas há lilás nele. Apenas há pressa, muitas feições friccionadas umas nas outras, despencando. Hora de tirar um retrato enquanto os vultos rodeiam um saleiro com seus costumes.

Mudanças, hábitos empoeirados, sabedorias dando espaço às mais recentes compreensões. Partindo. Amanhã sumirão. O paradeiro é a plaga inteira.

Andei uma meia légua de puro ensimesmamento. Chegava a latejar, tanta saudade mal e mal acobertada. Tudo se transformou em saudade, e mesmo andando apressadamente seu alcance não era desfeito. Ela estava no músculo das coxas. No coração cimbrado. As barras do dia se apagavam. Ia desbastando com o olhar o viço da capoeira, velozmente. Por desatento no que a mirada varria, bati a testa num galho de árvore, grosso de limo, penetrando a mataria. Ali busquei o sono. Nada. Fui escrevendo. Precisei tocar na pálpebra para saber se o que diluía as letras na caderneta era orvalho, chuva ou lágrima. Caía turvando o que já era turvo sobre as linhas no branco da pequena folha, sem me deter nos mínimos frascos virados, pedaços do teu vestido de fugir para o México nesta hora que te escrevo novamente, sem mesmo saber onde estás ou que mundo é hoje. Apenas me vesti e vim, quando tua voz roçava sobre a lâmpada amortecida no espelho da vidraça e tuas pernas se recolhiam para junto do ventre naquele quarto que chamamos Rivadávia, bem na encruzilhada do sul. Não sei se te alcançará este recado. Como tenho feito, talvez o deixe em dependuro na farpa do arame das cercas onde o vento lê e leva mais, também nas marombas das barcas cujos barqueiros, na noite, vão para as bodegas reunir as coisas que se propagam, e de uma jornada falam e de um sentimento que de longe em longe invade e paralisa este caminhante. Num pontão, há algum tempo, encontrei com gente que conduzia um resto de tropa marcada a ferro conhecido. Pedi a um homem que entregasse somente a ti umas conjecturas. Ele me falou em sua heráldica e genealogia, redemoneadas entre avós e netos viventes de um círculo geográfico de altos cedros e um mirante, dando a entender que era do meu amor que tratávamos e que os escritos chegariam dobrados bem como foram, sem olhar algum além da destinatária. Cuidei como nele havia esmero ao ter a folha na palma e depois ao guardá-la no bocó de trás da guaiaca. Chegou a ti? Quando ele cerrou uma das esporas e a vi girar, pensei estar em teus olhos. Muito distante dos tropeiros que se apagavam, imaginei que na estrada deles íamos nós dois disfarçados de povo, cantando "la galopa" entre guaranis do senhor seu Braz, com roupas de brim e chapéus fachudaços, na ramada em Encarnación dos teus lábios.

Dormi, mas logo era hora de andar. Pouco depois estava novamente buscando a estrada. Cortei enviesando por uns claros de barranco, atingi uma altura onde avistava as luzes daquela cidade sumirem. Nas primeiras passadas os vestígios de qualquer cansaço desapareceram. Alguma coisa me alimentara no pequeno tempo de repouso, substâncias imprecisas mas vigorosas, um líquido fibroso, quente e escuro. Ardiam um pouco meus olhos, minha pele parecia rebrilhar numa poalha de polens e os cabelos eram tocados pelo vento novo da noite. Assobiei sucessivas canções e vinha pensando apenas nelas, nus do silêncio apenas que elas mesmas criavam. O passo e o som estavam de acordo desde a saída, esboroando torrões e seguindo. A água dos pequenos córregos vinha se tornando perigosa, mas era o que havia para beber, a mansa folha que desce na flor dos regos, pesteada talvez, agônica e verde, vai em frente, habituada ao seu pequeno féretro, elevada, girando e mergulhando para o fim. A visão na água e na nuvem, nas passagens, o rosto que não fica em nada e vai retendo altos e baixos, embrulhando o sonolento algodão do céu que se aperta pela lua e raios que vão rasgando a gaze dessa época azul sobre as copadas. Às vezes chove. Sob todos os andares ando sem desviar a passada nos galhos rasteiros e coisas que se prendem e se agarram à roupa, que roçam a testa, que se firmam aos cabelos, avançar sem voltar.

Passei por uma venda onde o coto de luz da porta descia pela escada de madeira gasta e escoava no pátio de terra que se confundia com a estrada. Fiquei no escuro, fora, ouvindo o que falavam. Todos bebiam alguma coisa e vestiam-se com roupas de trabalho. Nunca caíam em silêncio, assunto muito e vário. Impressões, precisões, situações novamente. Efeitos do ofício sobre as palavras, comparações alquímicas e imagens para encurtar uma dúvida que ali pesava e ali era medida, pois alguma coisa os encu-

cava e estava além do pó de gafanhoto, do vento e da chuva e dos jogos.
Atrás do balcão alguém falou mais alto e convidou a todos para uma coisa. Para ver um produto. Em instantes a peça esvaziou. Foram para trás, para um puxado, um depósito pequeno coberto de zinco com janelas fechadas. Abriram a porta bem larga desenroscando umas correntes.

Entraram ali dentro. O dono da venda estava mudando de ramo e agora representava uma firma. Defensivos agrícolas de todos os tipos, latas novas que tinham caveiras sobre a tinta. Vidros, ampolas, galões, sacos plásticos, caixas, estojos, pulverizadores costais, máscaras, pipetas, misturadores, macacões, luvas coloridas, parafusos dourados, esguichos, bisnagas, baldes, embornais, botas de borracha, bonés. Ele esboçou uma crua ciência sobre todo o lote de mercadoria, excitado, batendo com o nó dos dedos nas latas e indo de uma direção a outra, aturdido como se estivesse vendo aquilo pela primeira vez. Estavam muito atentos, tocando com muito jeito os objetos, mas ajustavam os bonés nas cabeças e os pés nas botas novas. Era uma concentração química poderosa, de que ainda não sabiam o nome, era um produto, então, mas ele esclarecia que "um tanto disso mais aquilo e é um estrago bárbaro". Com a faca retirou um lacre de um galão e depois outro e misturou duas coisas em um recipiente e chacoalhou e respingou aquilo no piso para olhares em círculo, alertas, que esperavam acalmar o fervilhar frio e leitoso. Era uma mistura branca, aguada, com aparência viva, girando num bojo de vidro. Ele saiu com o recipiente nas mãos, que fedia, e todos o seguiram. Fora, ele falava agora sem parar como se procurasse uma coisa e por onde ia levava "um tanto disso mais aquilo" erguido na altura do peito. Depois se abaixou junto a uma touceira e despejou ali um pouco. A noite era clara e calma. A touceira retorceu-se ao receber a mistura, saiu dela fumaça, logo amoleceu, amarelando, e assim esbranquiçou entre vapores. Ele juntou um punhado dessas folhas, que agora poderiam ser já trincadas como se estivessem congeladas. Foram para umas outras moitas e pequenos pés de árvores. Mais tarde estavam todos envolvendo uma grande figueira cujas velhas raízes estavam a céu aberto. Derramaram nelas o líquido que rapidamente efervesceu e foi se entranhando e clareando os marrons da árvore. A luz da lua mostrava a surpresa e a maravilha nos semblantes. Ficaram fazendo rodas em outras árvores, seguiam para onde fosse o vidro com o líquido branco, que fora renovado. Estavam mudos e estranhamente decididos. Quando retornaram à figueira ainda havia uns verdes nela. O experimento estava dando certo. Valia para pequenos e grandes projetos. Desde os canteiros domésticos até a lavoura imensa. Bastava ver o tipo de folha para se saber qual a mistura. Estavam enterrando as enxadas e as capinas, abrindo o sul para a técnica, anônimos, na noite alta, usando suas próprias árvores de sombra para provar a exatidão da química.

Pensei em Fausto e seu laboratório e em uma palavra de um de seus instrumentos de trabalho: retorta. Se eu entrasse na venda e dissesse uns versos poderia alterar aquele lance de acasos? O poema jamais alterará os dados, senti. Ou altera? A química, assim, é tão complexa quanto a metáfora e ambas estão fora de nós agora, distantes e talvez arábicas como a goma e o número, pois se escorresse um livro com nossas palavras sobre a raiz não tiraria o sono da figueira. Nossas palavras estavam extenuadas. Um livro de química, e a imagem da química, seus símbolos, não despertariam a curiosidade nem a maravilha que está em todos eles que sobre a química discorrem sem buscar seus fundamentos. Mas conseguiam abstrair e sintetizar, estavam seguindo uma etiologia, mas qual era ela? Uma nova disposição da frase na folha branca, dos utensílios nas suas redes de relacionamento? Era o mesmo dilema das New Holland e dos versos inovadores. A sensibilidade proscreve um poema ao estranhá-lo por completo. Mas com os objetos não acontece o mesmo. O estranhamento é uma necessidade, uma parte da incorporação das inovações poderosamente materiais. Ninguém questiona suas raízes. Chegam direto à medula avoenga e nela irradiam a evolução em relâmpagos que fragmentam. Logo há o enraizamento natural, e o mundo do trabalho encampa os utensílios ou os enxerta tão bem sem questionar sua origem que dificilmente se nota um corte e nem mesmo se percebe a necrose na metamorfose. No espírito não se dá assim. Não que o espírito não acame em si o estranho e o distante e o estrangeiro, mas ele o faz delatando, se estranhando e se opondo até deixar-se possuir e possuí-lo. É um vivo num outro vivo, criando em negaças um novo. E há um alarido como se estivesse doendo em toda a aldeia, como se a ferindo estivessem com uma lâmina produzida em forja desumana, desconhecida, de sangramento desolador por aço e pluma. E se fosse possível fazer uma acareação entre o ancestral e o transcorrente, com probabilidade o resultado seria um pedido de socorro a alguém que soube formular a poesia como sendo *crítica da vida* quase tanto quanto o ferro aquecido ao rubro é uma crítica do fogo. Metástase. Ou então as coisas eram mais simples e quem estava fora de lugar era eu. Eu e a figueira e as touceiras? Fausto era químico. O dono da venda se tornou químico com todos eles, num brinde de canha pura. Canha de alambique, que andou por serpentinas, caminhos de vidro e fogo. Era um fim. Lembrei de um homem que gritou na beira de um rio numa enchente grande quando sua gaiota se foi: "Adeus meus tarros de leite, meu serigote prateado!". A vanguarda estava dentro dos bolichos, nas roupas de trabalho que vinham junto com os tonéis, na palavra se esforçando para alcançar a coisa. Nesse encalço, o nome nominava apenas um instante do objeto, a onomatopeia ainda não estava sedimentada, ela aguardava para mais tarde se instalar. Sentiam falta dela. O som deixava a imagem um pouco desfocada, e todos assim pareciam sentir falta da perfeição da ambiguidade de um termo nativo, acostumado, comum. Nessa noite estavam inaugurando uma nova vida e uma nova morte, completamente diferentes de todas as outras de que tinham notícia. Estavam estranhos como todas as vanguardas, mesmo estando dispostos ao redor da velha mesa. O arroubamento chegou ao ermo. A distância estava visível, no imaginário e na testa, nos lábios, na breve dificuldade de abarcar os conteúdos que guardavam líquidos que fervilham a frio. "Um pouco disso mais aquilo", uma retorta, uma solitude, tubos bojudos, uns dados, gotas pingando como haicais verticais, acaso, uma árvore seca, o emblema da caveira sobre dois ossos, vontade, curiosidade, maravilhamento: meu pago. Doble pago. "A sensação da espécie humana em peso", pediu Fausto, "O que preciso e quero é atordoar-me". Fiquei contemplando eles dentro da venda, girando a voz deles de maneira a cada um deixar suas sensações naquele registro geral do estabelecimento. Anotei e datei. Gritei lá de fora: "Se a humanidade ao cabo perdida for, me perderei com ela". Pulei de um alto barranco e fui pelo meio da estrada onde o vento gargalhava, revendo pegadas, imaginando corpos que se embaralham nos rastros de uns nos outros e nas voltas do caminho. Rolações de nuvem e de antanhos no velho céu daquele canto, aquela ponta, aquele resto de mundo. Taperas silenciosas onde feições barbudas e chapeludas rondam roucas seus rebocos de barro e cicatrizes, tijolões à vista, paredes que parecem mapas petrificados. Ralos de sombras do arvoredo no pelo dos cavalos velhos que ficam gastos de relinchos montados por sabiás no amanhecer. Telhados de meia-cana em limos, negro-verde do casarão dos avós em que o sol só bate na tarde agora, patrício demais para acender um suspiro.

Geladas pela noite as casas velhas se procuram levando doces cristalizados e dinâmicos, pão ainda quente para as mandíbulas sem serrilhas que umedecem com calma a fome arenosa das habitações. Os rangidos dos assoalhos ressecados do cedro dentro do cedro de comprido, frente a fundo, sem ninguém. Sabores de cômodo de cânhamo. Bordam o retrato nas paredes a confraria branca das teias e os casacos dos tios, de corte reto, pesado, de época lenta, o corpo das molduras ovaladas e vivas ainda correspondente do que havia de cada um. Paredes de dentro que nada sabem além de parar o que há nos trânsitos que existem entre suas soleiras. Despensas fechadas para sempre do sol. O sul estaria ali dentro, um outro sul dentro dele, se a madeira, como dizem, guarda o tempo dentro de suas covas, vagando entre os grãos moídos e anéis e mechas de cabelos.

Uma noite entrei num desses casarões de campanha, desabitado.

Meus passos ressoaram e logo um outro tempo se abriu. Estava muito escuro na primeira peça. Alguns fósforos depois e umas ideias minhas já estavam cheias de zinabre pelo escuro, cheiro e olho, a lua dando nuns espelhos, e os espelhos nuns restos de vidraças, jogando a lua de volta. Não acendi mais nada. Apalpei e cheirei. Trompada, madeira que fora pregada fundo e se tornara íntima de uma fresta de janelão que o vento nas frinchas chama. Eu pensava em voz alta. A voz visitava tudo, mas não retornava como a lua no espelho e nos cacos da vidraça. Sentei no centro do que parecia ser a casa da casa e fui anotando no escuro. Logo ouvi coisas que os que se perdem sabem, o rebojo dela, a chuva, na telha. Não havia chuva se havia lua. Telha, pensei, telha que há muito ninguém ouve. Que barulho ouvia vindo do alto? Seria mesmo chuva? Restos de fogo do fósforo querendo o vão do vidro, que ainda o rebatia? Num espelho e numa janela sem conseguir sair? Num infinito, então? Lembrei que estava fumando e a brasa poderia estar presa naquilo. Mas a brasa estava coberta pela cinza. Imagem não ressoa nos objetos, mesmo quando presa num vaivém de reflexos, e cinza não reflete tanto no espelho. Alguém estaria fazendo com que eu pensasse na chuva. Então eu o ouvi. Era o temporal caído num outubro antigo cercado por rosas que eram lançadas em pétalas por entre a grama negra. Lembrei dele bem como foi. Durou um longo tempo. E por lembrá-lo me acalmei. Havia lua.

Eu estava no escuro de uma peça e ao abaixar-me e procurar com os dedos precisar um objeto subiram-me pelo tato sensações de lata e pele de rês, aldrava de bronze, cantoneiras com símbolos e no tampo grande e abaulado nervuras de coisas que queriam significar ainda. Meus braços abertos e a arca era do tamanho deles e poderia deitar o torso sobre o tampo. Percevejos de cabeças arredondadas fixavam o couro na tábua em todas as bordas e a pátina enegrecia os metais, e os pelos, vítreos, pareciam saltar no arrepio da palma. Estava forrado, assim, de um material que não era processável, alguma coisa que cessou de todo e está fixa em seu registro, estagnada no silêncio, sem frio ou calor. Tempo de um tempo ali, depurado, sobre o assoalho. Cheiro de salitre e metal, de pano que se ouve gastando, seda em polilha e perfume rastejando, e se o silêncio salivasse a gota dele naquilo sumiria num som de fervo de pó de pena em papel áspero e seco, rastro oral da quietude. Repouso isolado de tudo, calado no ângulo mais escuro da peça, afundado, adernado, sem pulso, sem relógio. A arca mantinha o tempo em sua chave de braço, o ar do tempo interrompido e pressionado, chaveado, seu hálito inconcluso batido por um rogar que subia desde seu porão e circulava nas coisas ali dentro ou em qualquer outra parte, nas peças mais escuras ainda, mais ao fundo ainda. Eu procurava abri-la, e forçava sem muito ímpeto o tampo curvo. A unidade sepultada do som dos passos que retiraram do espaço mostras de percurso que ali aderiram e se resguardaram, poderia estar dentro dela. Toquei no ferrolho, que girou e rangeu. Caíram na concha da mão pedacinhos de telha, ossinhos de rato, casquinhas que mais pareciam assovios dentro da cinza, linhaça talvez, talvez aveia triturada pela voz, igual limalhas de pedra de isqueiro quando havia vento e coisa aberta.

Abri a arca e imaginei corsários rengos, bandeiras mortais. Lábios com espelhos e cobiça, feitiços, prismas retramados em fulgurações errantes, lenços e espadas. Havia uma data gravada com tachas na base frontal da arca e iniciais de nome que se usava naquele tempo. Ela veio pelo mar entrechocada entre tantas para dentro dos nossos rios. Depois nos ombros e depois nos tablados lerdos das carretas. Daí seu cheiro castiço, sua cruz tão triste, sua solidão esboroável se gritasse nos ouvidos de madeira. Desandaria sobre si o fim da viagem, desceria pelas frestas no vão dos sólidos alicerces e pela terra toda. Pensei em usar mais um fósforo, mas nada de luz. Toquei a palma da mão nas silhuetas das coisas dentro dela. Pareceram uma cidade com prédios que se arredavam, fivelas e vidros. Roldanas. Algo rolou em seu fundo, argolas. Depois rolou um olho postiço, de vidro, que apalpado e depois na ponta dos meus dedos, movido, era um terceiro olhar vistoriando a forma das coisas, lá dentro. Meus dedos discriminavam, olhavam e ouviam e fiquei com a mão lá no fundo um tempo e chegou-me o adeus de alguém morto por um raio, as mãos no ar, sem compreender o instante onde nada mais se desenrola. Eu buscava objetos, não vozes. Toquei um delgado cristal que seria cálice, e o pus de lado. Formas e pesos moviam-se sob pressão do tato naquele tabuleiro fundo. Fui mexendo e separando mais uma palavra da outra, as minhas para um lado e as dele para outro. Pedaço torneado de madeira, cinto com fivela, um trinchante, alfaias para a religião e um livro pesado, cadarços, um camafeu quebrado, arruelas, um ar de níquel, e eu tossi várias vezes e o que me pareceu papel quando bati forte nas paredes da arca era mais uma resposta de areia de ampulheta parada que se quebra jorrando seus contidos momentos, e as superfícies ficaram ásperas e coisas começaram a cair ao lado da arca e a desmoronar em pedaços de porcelana que desciam num centro de pó com furos na escuridão, por onde as coisas se metiam de qualquer jeito, vindas do alto e espatifando, caindo para um fundo de onde só ouvia o som de empilhamento e pó e vultos se amontoando. Me afastei um pouco da arca e tentei proteger minha cabeça no ângulo da parede. Fiquei quieto naquele canto e recolhi as pernas e me enrodilhei ali.

As tábuas do assoalho principiaram num rangido como se coçassem elas nelas e logo trovoavam nos vãos e caíam não sei para onde pois não eram vistas, para um fundo mais além do que julguei porão ou piso puro. O casarão começou a trepidar, material e abarcante. Corri o braço até a arca para puxá-la onde eu estava e derrubei o cálice quebrado que eu havia separado para observá-lo na luz. Senti-me isolado. O telhado e ripas e talos carcomidos de palmeiras vinham descendo, com cumeeira e tudo. Abriu um rasgão pelo alto e nesse vazio vi o céu entre uma luz que pouco contornava as coisas em movimento. Ouvi um zunido amplo e um desabafo de encaixes e pregos saindo de barrotes. O casarão enviesou contingente e sem escape, o pé direito penou um pouco e foi enrugando mesmo que um mapa grande que se amassa numa garra poderosa. Arrastei meu corpo para o lado e segui por um rodapé pela nascente. Dei numa peça e dessa para outra e para um corredor e desse para uma ausência de sentido.

Logo me recuperei, tinha cacos de espelho nos cabelos. Fui de gatinhas para diante, no sentido contrário da quebração, mas mais andava e mais encontrava o gineceu da implosão, pois rente a mim desciam platibandas, guarda-ventos, caibros, escadas, giraus, barrotes, vigas, treliças, mata-juntas, oratórios, ferros, tesouras de madeira pesada. Pelancas de morada, ossamenta de lar, rugas no escombro. Com pouca demora se acamavam janelas sobre tijolos, dormentes sobre telhas formando um toldo nervoso, acavalado. Fundiu-se depois tudo aquilo num final de polvadeira precária. A arca estava num lugar soterrada, provavelmente sepultada. Poucas coisas restavam em pé. Toquei um resto de parede, forcei um pouco, ela também desandou sobre umas coisas que foram assim novamente quebradas. Fui andando de costa e olhando para aquele desenlace emoldurado pela lua e pelo vento. Mais adiante olhei para trás, para as árvores que o rodeavam. Elas haviam nascido para a casa, para protegê-la e abrigá-la do sol e do vento e para dar descanso aos olhos e sombra e rumor de ramos e flores e sumos e cascas para chás. Eram agora um círculo na campa. Viram as folhas para o centro vazio. Comuneiras de si. Rodado de árvores, enlaçando, reparando o silêncio, a falta, a ausência.

Uma ave sem nome voava sobre aquilo um voar de arrepio rumo a um princípio que parecia estar dentro dela, as asas lançadas para a frente, a quilha do peito com lua para trás, o ar na pupila, as patas no bolso das penas, cortando pelo alto num voo curvo, sem canto. Toquei no bolso de trás e a caderneta estava nele. Tinha a mão esquerda inchada, um pé dormente, os músculos das pernas não conseguiam alinhá-las. Um céu azul era o teto. Sentei um pouco. Mio de um gato muito distante, no mato. Gato alçado, pensei, de unhas crescidas desviando folhas úmidas e pelo rucilhão. Tinha um esconderijo. Gato que levou tabefes da lua nos ralos onde ela aponta e atocaia, claros sem ramos, círculos muito rasos onde a macega arredou. No limpo te pegam, bicho extraviado, e com maneias de veludo te emprestam leite. Tem fome, sim.

Levantei. Subi numa cerca de pedra. Figueiras velhas acompanhavam as pedras amontoadas. Era tarde na noite das ovelhas. Tarde na baba dos touros que degustavam o pasto com as patas recolhidas sob o babado dos pescoços. Vegetais bebiam o sereno em suas largas folhas, espigas cochilando o amarelo dentro da palha quente, que balança um pêndulo cereal no espaço.

Numa outra noite, ia indo pelo fundo de uns pátios, batido de longe pelos cachorros, que sinalizavam na volta dos ranchos. Não devia me aproximar das moradias. Uma luz aqui, outra lá adiante, escoradas na sombra, derramando um pouco pelo campo aquelas velas avermelhadas dos candeeiros. Luz em frestas, gente acordada. Algumas casas desses rancherios são feitas de outras, mas são vivendas também, que se articulam do abstrato ao concreto no dia e na noite, em instantes de rápida desunidade, em malhas que parecem interminadas redes, e no entanto se aprontam, beges e lilases, de aspectos costurados em vários costumes. Logo elas estão no horizonte. São esboços verdadeiros de uma edificação imemorial, instintiva, e consistem numa altaneria de rejuntados esforços, mutirões secretos, fainais sigilosos, sem plantas, num rabisco geométrico, e fundam-se num formato de colares ou linhas num determinado momento do espaço, parecendo bivaques, esses núcleos habitacionais. Fragmentos recolhidos, depois pregados uns nos outros, uma na outra, cerrando os vazios, reforçando os lados de onde o vento sopra. Telhados de janelas, latões, compensados, paredes de molduras moduladas ainda tendo presente a sensação de argila maleável e de veloz premência, um plano primordial que serve e socorre, alpendres com fogo na terra varrida para descansar a necessidade gregária. Reciclos, rejuntes, coisas recolhidas lá e transportadas nas costas, fileiras de portas, bolsos cheios de pedaços de ferro. Casas que andam nas costas das famílias, restauradas, atadas com barbante e uma prole que se adapta, se arranja e se inventa chupando laranja verde, caqui liguento, osso de paleta rapado, pão duro e sem cor assado no forno de barro. Facas de aro de barril e velhos canos de cobre cheios de chumbo e pólvora, coronhas de angico, místico de fósforo, e uma fivela que detona, na festa e no aperto. Proteções que usam, e se garantem numa unidade movediça, que os ameaça e os faz nervosos.

Mas eles possuem cachorros, cachorros indormidos que num grito de "pega" se descosem num acoo e cintilam, saindo de dentro dos seus coros como de um inferno. Cães de duas patas, de três, pura pulga. Ferozes, transtornados, a moral do domicílio. Se chamam Sultão, todos eles descendem de uma linhagem de pedra que vê, de raio que decide, de coragem que abomina. Faro, instinto, cachorros que alcançam a ave em voo, colhedores, esvoaçando, migrando no ar. Cães de coleiras de segunda mão, enlouquecidos, babando. Cachorros que se enrodilham numa vaga sombra de um homem e ali enfrentam, perenes, descarnados, em estacas, os exércitos místicos dos olores que o faro desmascara. Noite após noite, cães dentro de cães.

Fui me afastando. Deveria iniciar uma descida em serra serpejante, de mato virgem, pedreiras e olhos-d'água. Zona antiga e de animais restados. De homens que foram acorrentados e correm sobre folhas secas nos anéis do luar. Território que escapou, misterioso e devoluto, das grandes transformações. Tresvazando ouvido no tato, cheiro no olhar, caminhei. Ventava um pouco. Ruídos sentados em círculo, coisas fumegantes, os passos que já se imbricam, todos, multidões, vertendo nos atalhos rumo a um centro marcado por cascos de animais estranhos. Roçar de chifres, pegadas quentes, o ferroar das águias rente aos ombros, saliva espessa e nudez. Momento de medo, lances de temor, empurrões e a queda em fuso para dentro da umidade gelada, engolimento movediço, lodo que se acumula nas pálpebras, duro e ressecando. Chão liso. Descontornos, fim, um pesqueiro de pesadelos se ali houvesse algo mais que um riso em minha direção, sacudindo galhos, o que havia nos espinhos, esgueirando uma cara dentro de uma bilha ocre no ar. Correr daria, subir e descer, estava enlaçado, tonto.

Apenas uma asa passou na altura do olhar, depois outra, a cauda, a cabeça, o bico torto e gasto, um animal se fazendo em pleno movimento noturno. Um braço e mão inteira, vivo ou morto, um dente vermelho de ratão de taipa e uma pata obstinada escarvando sozinha e, intacta, uma velha senhora, que estava calma, surgiu.

Ela sentou sobre os próprios pés e fumou todo um palheiro, me olhando. Estava no fundo de um claro de mato, quase um ícone numa gruta vegetal. Falou comigo, eu me aproximei dela. Depois ela tirou de um bolso um ovo e quebrou deixando cair toda a clara na relva. Ficou a gema em meia casca e disse, olhando para a gema que tinha na mão: aqui está o que procuras, filho, e moveu a gema na casca e eu vi uma imagem pequena e difusa, com cores. Fez uns sinais e levantou a mão para cima dos cabelos e disse outras coisas. Chegue bem junto, pediu, e vê os zimbros perfumarem a carne dos que desceram ontem. Olha o povo reviver e a infância da tua mãe junto aos sinos da capela branca. As cruzes voltam para as árvores e os metais das alças escoam pela pedra grés. Revive. Chega bem junto a mim enquanto fumo, enquanto o vento gira a luz nas minhas mãos. Eu ergo este instante a ti que vais seguir pela noite, encarvoar a alma nos trasfogueiros, deitar o manso passo no vale furioso que já engoliu seus pinheiros. Agora estás bem junto, os olhos tocam e as mãos apagam. Vê como queimará a cotovia no núcleo do arrebol um dia. As vidas derretem como a calda do melado esfria. Coisas nos chamam cedo e coisas nos chamam tarde. Não vá onde exalam os xergões o suor do potro morto, nem onde as pás gastas queimaram a farinha. Nem onde há galos embaralhados nos tambores. Nem onde há frescor de estima no olhar que não descansa, no semblante que não sossega, no coração que não responde. Nem onde a manhã sobe pela água. Nem onde os punhais foram deixados para os cegos. Em toda parte que vá, não estarei. Subindo, não irei. Comecemos pelo fim, esta é tua busca. Trilhas e quadrilhas, aí irei, no patuá sob a badana. Espuma e estarei, sugarei, seguirei. Os pés do teu coração batem no terreno sólido e eu colo nele minha saudade, estou. Calarei a voz que reveste a alma dolorida, revisitarei esta palavra e não te direi. Viver é uma preparação para a saudade. Onde eu estou. Silêncio, bruma, vazio. Eu suporto sem imagens a natureza da alma. Eu quebro a lua para que sejas feliz no escuro. Embrenho o sol e assim te sintas esquecido. Doloroso. Chega bem junto e mira que na gema vive o olho do guará, que experimenta a noite apetecido. Na vinda e na ida não estás. Ontem, amanhã, não estás. Dentro e fora, não estás. Lembrado num círculo de pó, não estás. Não estás no que é, nem ao largo, nem em ronda. Tua sombra é para dentro, sem fato. Sombra para dentro, sem ser. Joelhos na terra e lágrima seca, sem nada. Eu estarei.

Ela sumiu como veio. Turbante amarrado nos velhos cabelos, chinelos de tento, panos rosa e azul, um bolsinho na altura dos seios, onde guardava um isqueiro de pedra. As mãos firmes e os braços transparentes, rosa e azul, as veias e a carne. Os olhos dela tinham ranhuras, rosa e azul. Sua boca era rosa e azul. Jogou para o alto a casca e a gema que no ar se separaram. Ela cobriu-se na mata, movendo os arbustos. Sentei sobre folhas e recostei-me a um tronco. Parecia sonhar: não estarei.

Passei muitos dias por ali anotando coisas. Os cipós, então, caracóis e espirais enlaçados em galhos novos fadando-os a bengalas e cabos de relhos. Fui cortando alguns e empilhando e repetindo: não estarei. A cor lavada das pedras, nascida entre raízes no sol coado, indireto, misturada em uma areia muito branca, muito moída pelo toque líquido, distante de quase tudo. Filamentos de limo dançando nas vertentes, lacrimais de pulso contínuo, descasos, vergões pela superfície, vagando para sempre, serenados pelas épocas. Peixes sem nomes, pequeninos, parados apenas, recebendo guabirova e araçá que caem entre o verde e a luz. Eu não estarei. Insetos que se espelham, imagens que balançam farelos vegetais. Respirei ao lado deles, dormi com eles, seus monocórdios acalmaram meus andaços, a dor que traciona a garganta, a vermelhidão dos olhos, e fui me esquecendo, treinando sob a lua uns botes, uns traquejos risíveis e umas imitações pela ansiedade abandonadas, os pés afundados nuns barros curiosos. Mas meus olhos focavam realmente os rastros, as trilhas que se cortam cheias de dondes pela frente, circundadas, alimentadas pelo fim nos começos, pelo começo e pelo fim. Aves que recontam a mesma história ao entardecer e falam ao ermo e falam às outras recém-nascidas, estridentes, de careninhas quentes, tesas na cerração, a cabecinha debruçada no limiar do ninho.

Trilho das pacas de carne que estala na taquareira, que sabem ler seus próprios pergaminhos ordenados nas picadas. Vão de mato, formigas de meia-idade, hierarquias entremeadas de rainhas e de reis que reinam na unidade do momento resumido, único a cada passada, todas as trajetórias chegam às suas mentes a cada segundo, as opções são refeitas a cada troca de pernas, e no entanto elas e eles parecem dominar uma totalidade, uma amplidão e um tempo que quase escapa ao calor e ao frio das estações. Todos os informes da vida e da morte transitam assim que o músculo se estira, a circunstância de uma delas é mínima e eficiente, pois elas seguem por um carreiro perfeito e outras por um ar sem nenhum signo. Dormem lá e aqui, sabem chegar, taxiar, enveredar para o centro da nuvem, carregar um pesado galho para o fundo da terra, numa galeria.

Seres absortos. Ensimesmados, aluados pelo grilo serrando as moitas, nervos à flor da pele dos beija-flores. Vaga-lumes que laceram, esfiapam, puem a treva em fisgadas de neon, chumaços de luz atirada contra os morcegos recolhidos dentro de ondas de som, no túnel de asas, ouvido pressagioso, além e aquém, o tempo cego na ave cega, confusos, arrasados, arrastados pelo espaço, no próprio ponto que voa avante ouvindo o pançudo sono dos sapos. Ligados todos pelos fósforos olhos da coruja, metabicho, sabedor, que vai nas meias-noites girando sua cabeça e se projeta contra o escuro assim que ele aparece para desafiá-la, para pechar na treva, para espatifar suas rodilhas contra ele, sua ramagem, sua lição espiral, para copiar voando a totalidade sugerida pelos nossos cronômetros e assoprá-la, do alto dos paus nus das cancelas, e aqui, neste repositório, discando das copadas sua mensagem, seus nervos deslizantes e enfeixados, uma multiplicação de tomos no prelo dela, dele para os espelhos de água, dos espelhos para o resto do futuro. Outras coisas, outro mundo subsolar, de ferrões, puas, garras, espreitas, presas envenenadas, seguimento e instante: texto natural, aparecimento, velações, ruínas rigorosas, dissolvição, apontamentos.

Ela não estará, mas estou, girando na gema na meia casca, minha imagem ali numa gota grande, aclarado. Estou nas rebarbas da movimentação, sei sair daqui, não por onde entrei, por onde não sei sairei, seguindo não o que fizeram os homens que deixaram um testamento fecundo, mas o que buscaram: rascunho.

Longe as longas rodovias iluminadas, deslizando sobre si rádios e rodas, semanas, deslocando tudo para imensos depósitos, zigue-zague de peças, caixotes, empilhadeiras, esteiras, registros e notas, letreiros, coisas para alugar, marcas nascendo no lugar de outras. Mas em mim a frase de Thomas Stearns Eliot não descansava: no começo o fim, no fim o começo. A maldição pela memória. Fui saindo do mato, levando-o. Grota e Eliot. A rodovia acesa ainda longe numa listra que sai de uma cidade e acaba noutra, e às vezes nem entra em nada e segue para algum lugar deixando umas coisas. Mesmo e estranho dilema deveria ser o de outros homens e mulheres, rodoviários, pendulando aquele movimento e aquela ardência veloz que florescia nos corações sobre as paisagens, nos espaços, no comércio mesmo onde se deve adivinhar com insistência o tempo de cada coisa, os procedimentos da vida por ali mutante e arraigada, perdurando nos mais frágeis sensos, lançando-se nos veios de relações recentes, penetrando as nuanças progressivas, as diversões que se inauguram, os lugares que cedem, se afastam, deixam o lugar para outros.

Andei umas cinco horas desde o mato virgem. Me sentia atônito, incerto, levado para a frente pelos passos. Estava inseguro, cansado. Pensava em parar quando ouvi que alguém roncava na valeta, uns metros apenas. Me aproximei. Um homem dormia profundamente, a mão esquerda sobre o ventre e a direita abandonada ao comprido na terra. A lua incidia na fivela grande do seu cinto, de prata e ouro. As iniciais do seu nome estavam polidas: GS. Sua idade era transcrita na pele, o rosto já pergaminhado. Talvez passasse dos setenta. Corriam os nervos pela face, às vezes parecendo espantar uma mosca. Sentei na estrada mesmo, junto a ele que poderia ser Gregor Samsa e se transformar num grande inseto bem logo. Sua roupa ainda mantinha o asseio. Usava um casaco de lã com três botões, um pouco claro para o relento. As bombachas sim, eram escuras, com riscos cinza, e as botas, com os bicos embarrados, uma para cada lado, tinham um pouco de brilho nos canos.

Estava esquecido dele quando voltei as vistas. Ele acordou e me observava. Firmou-se nos antebraços e disse:

– Dois contra a desgraça são quatro. Palavras de Arguedas ou Usla Pietri.

Sua voz era grave, calma, e pelo jeito do sobrolho deveria declamar décimas. Levantou e testaviou. Sua cabeça pesava e era vinho, conforme disse. Passou a mão nos cabelos, sugando-os para trás. Ajeitou as bombachas. Compôs-se.

– Seguimos – disse.

Enveredamos por uma trilha poucos metros depois. O sol não tinha raiado. Caminhamos quietos, emparelhados, uns poucos quilômetros. Ele falou com alegria:

– Foi um porre de derrubar Gomercindo!

Ele era o provérbio. Logo ouvimos seus cachorros e seus galos. A entrada de sua estância era cerrada de árvores.

– Pensei que estava caminhando com Gregor Samsa – eu disse. Ele riu. Ele era Gomercindo. Fomos andando para as casas.

DOIS

Misturavam-se galhos nos galos, sono na luz. Esfacelos. Riscos de claridade fina, verde, arada. Acoos nos losangos de pedra e pela relva úmida e cheia de raízes onde corriam, corriam e saudavam em traços de cães com saudade. O sol nascia à nossa frente, depois das últimas árvores, mitrado pela pequena nuvem, entre as aves bem ao fundo, vermelhas e leves desenhando setas num céu de cílios que douram, gravando nele um pouco de uma rota para o oeste. Íamos nos conhecendo, Gomercindo ao lado, o olhar longe e perto, no que cai, move, se esconde. Dois trilhos da porteira à sede, vivos, com marcas de ferro de rodas e de cascos. Era tudo limpo, feito e refeito. Os cães já dançavam. Mugiam tambeiras. O sono se despegava dos corpos. As pálpebras poliam as amêndoas adaptando o mirar, algumas ardentes, um pouco confusas, mas muitas, por todos os lados, espreitando o nascer. Nascer fumacento por baixo, noturno um pouco, esperando para revelar-se. Íamos quietos. Estávamos no centro daquilo, olhar onívoro, pressentindo o alvoroço logo, baldes, louças e galos, voos e buçais e fogo vivo, coreógrafos matinais e tarros escaldados, lata, alumínio e lenha. Pão cortado sobre a mesa e leite, carne quente, pés recolhendo o frio dos tijolos, bancos compridos, para quatro, cinco de cada lado da mesa. As árvores eram grandes e nos acompanhavam, as nossas caras iluminadas pelo rebrilho que rola no estrobo das gotas de orvalho nas folhas e pela bainha das pétalas meio prata sobre um fundo raiado e lilás. Os pássaros tardios retornando da noite, no alto, às pressas aos antros, sem pio, sós, o dia já aceso nas barras, celofanes aciganados em guaches suspensos pelo luminar. Manhã de um mês de um ano.

– Aqui vivo, encurto – disse Gomercindo.

Passamos por uma casa grande. Ao lado um galpão imenso, também de alvenaria, onde entramos, sem luz. E pareceu não haver nada ali dentro, somente um cheiro entrelaçado, mas era o nosso cheiro que acabava de entrar e o meu cansaço. O galpão não tinha divisórias e as paredes eram caiadas. Janelas altas e largas, de marcos negros. Um pouco de luz foi vertendo não sei de onde e o eco dos passos e a sombra leve do seu chapéu no piso, as íris fosfóreas e fátuas, fagulhentas, misturavam o branco e o negro. Depois de acesa uma vela, vi um catre sobre o piso nu, nu por tudo e no chão. Mas logo vi uma escrivaninha, com nervuras nos cantos, com gavetas, um tampo claro no pavio amarelo, nada sobre ela. Deu para ver toda a cama.

Com os olhos me deitei e depois com o corpo. Fiquei com eles abertos para o teto, imaginando de telhas, de picumã e limo. Ratos passariam nas ripas desnudas, cairiam. Esses bichos não andam sós, por perto gatos, e entre os dois corujas brancas, metabichos, protegendo-me. Ratos que roem cordas, gatos que matam ratos, mas as cordas deveriam estar suspensas, as coisas deveriam estar sobre cavaletes, mas não sentia cheiro de couro nem de sebo, nem ouvia miar, nem roer, nem voar. O sono estava no fundo erradio da memória, ele sim caçando. Dali enviando aquelas coisas: imaginação, intuição, realidade aparente. Comecei a dormir pelos pés até o sonho, que fez um esquema na areia: cruz, chave, som, alguém em volta, panorama amarelo. Sem esforço encontrei a chave na vasta duna, onde parecia havê-la deixado coberta, e na minha mão sua cor sem peso, seus fragmentos então sumindo entre meus dedos. Chave de um quarto, e não era necessário uma nova, pois os símbolos mudaram novamente junto da areia à tona. Sol sobre o deserto fundo, mas não forte, meus pés estavam frios sobre as ondas frágeis, que se desmanchavam no vento. O poente escurecia e sua luz fraca reforçava as dobras na areia, delicadas, pareciam ser de terra derramada quente sobre plano, derramada do alto e do dourado, onde havia bronze demais e cores demais. O som dizia:

> Dentro da tua mirada
> a cilada esparramada
> nasce e morre o mastim
> no teu começo, teu fim
> teu escolho, teu botim

Havia uma cruz e a cruz dizia: acinzentaram-me, envelheceram-me, e avivaram minhas quinas até que uma geração de farpas cobriu-me. Eu pulso sob a casca e sob a pétala, orno e douro. Eu sangro na areia e sinto frio nos ombros pelo sopro cotidiano de areia. No ralo voraz eu giro fora de mim, meus braços secos, e me cubro de vento e trago à tona a reta bipartida para que caminhes sem saber a origem, o derredor e o chegar. Quando me reforço na campa dos entes queridos eu engulo os signos sob as pálpebras da minha madeira simples. Eu vi os marcos nos baldios aguando os sinais parecendo regar um crisântemo alvo. Eu fiz a propriedade e fiz as testemunhas, eu testemunho e espantalho. Eu retardo, eu quero, eu sopro. Eu demarco, faço um círculo, e acendo uma mecha perfumada. Sob minha sombra os pregos ergueram as madeiras para que eu visse o rosto da morada e o fermento na voz dos carpinteiros. Eu feri com brandura os meninos e meninas enlaçados no entardecer e os puni e os redimi, e da cantiga deles umedeci minha fronte receosa e minhas mãos esfiapadas dedilharam meu cantochão. Eu bordoneio. Eu apago, eu escrevo, eu sinto. Eu translitero, e minha imagem esfarrapa, une, eu junto um lábio no outro e os escuto. Os corações se cardam, então eu desfio, eu giro e depois derreto, estou virada para a noite. Minha sombra avança e é sombra e onde estou eu queimo e embebo. Sombra de desejo, cautério, aceno e resfrio. Bordo minha reclusão de luz num pano perto dos olhos e choro sobre os momentos derradeiros a lágrima dos nascimentos. É úmido, é escuro, eu sei.

Desse sonho sacudi-me. Era um presságio: um de nós morreria sem deixar lembrança. Mas havia irradiações por ali, no galpão, associações urbanas num seguimento de vareios, ruas para dentro de barrocas, encurvadas, as linhas telefônicas, os gritos raspando dentro dos fios, os rosais de setembro, as unhas que se agarravam às pedras que se soltavam como grãos de espigas, brugalhaus. Um vasto centro sem nome, gravitando marfado, regulando seu único lóbulo e seu único estilhaço, fundos basculantes, trocando entre si formas e formas de vertigem, dentro do dentro, goivaduras, ventre com ventre rebatidos, despenhames, luar lançado num bojo, raspagens recombinadas de brilho contra o fosco até os pedaços de escuro rolarem pelos pés da cama onde eu estava, com força e contra algo que não resistia e era levado sem peso nas sarilhas triangulares do vento que se encana, enfuna e pisa. O que seria o oposto da cruz? A antichave? O revés da areia? O contrário do bronze e o antônimo do sol?

Estava sem ver, mas estava atento: a ideia de chama derrete todas as imagens quando não há chama nem imagem, imagem de chama, sede dentro de um vidro, sede fora de si, luz de sede. Fui me lembrando. Os espermacetes vivem nas gretas, onde o sol nunca passa, não há dois sóis sobre a face que anda, coisas dentro das tampas, trespasses de açúcar e polpas, uma noite, um inverno, chuvas nos forros da cama, mãe adocicando a chupeta. Guardar coisas, provisões, achas que se empilham de outono junto à lareira e sugam silenciosas as réstias que caem da janela, feixes de achas, as luzes dos porões sobem aos cômodos, luzes retiradas do seu descanso, luz que ficou anos aguardando um chamado para modificar-se enfim e lentamente, levemente amadurecer, descer de si, delgadas para a cinza, fios coloridos de seiva cristalizada, caminho mínimo de calor, gota clara e quente, vitral agora de madeira sem água, ampolas de cristal, rugas acesas, carrinhos de luz, bonecas de luz, bolitas de luz, revólveres de luz, mãe de luz, casinhas de luz, mocas de luz, oca, quente, lar.

Toquei com uma das mãos o piso ao lado da cama. Era liso, lembrando um vidro batido, botânico ainda. A terra, um pouco solta na superfície, parecia pó em janela deitada, mas estava compactada logo abaixo, socada com água e cinza, com restos de tacurus de várzea, sucessivas camadas já sem movimento, trânsito esboroado pelo cepo de pau-ferro, mescla de arredores, fuligem de chaminés, estufas, de modo a formar esse feitio de sola paralisada dos solos que paredes circundam, de palha triturada, de carvão finalmente enterrado, de relva aquietada, sobras arenosas dos limpa-pés, restos deles, dos seus destinos, de gente que não entra suja em casa, cascas com nomes de pessoas ainda misturadas agora num piso deitado finalmente, suportando o que virá, o que por sobre ele passa e sobre ele será, o amálgama verdadeiro que torna difícil a lâmina separá-lo. Assim se fazem esses ambientes de terra batida. Zonas de puro espelho, zonas que não se desligam. Espanar e varrer, guanxuma e pena, água borrifada e trabalho. Cepo sobre o torrão, enfim o solo de um lugar. Piso de galpão. Ontogênese do nosso mundo.

Em pé, depois, abri uma pequena fresta de janela e a vasta peça toda escorreu para os fundos de si, contra os rebocos. Avistei uma tina d'água e uma caneca. Foi um instante rápido e voltei com força a janela fechando-a como se lá fora algo me assombrasse. A claridade entrou e saiu. Sensação de transporte, de sentidos diversos, coisa de aluados. Era um espaço sem nada além da cama, da escrivaninha e da tina, com um pouco de eco que faz lembrar uma impertinente perseguição anônima e sem propósitos, mas permanente, próxima, pegada em mim. Voltei a abrir um pouco a meia-folha de janela e a lua partiu ao meio o galpão, num derrame fulgurante, e pude vê-lo rápido e todo e calcular que de um fundo ao outro poderia se percorrer contando minutos: era vasto e magnífico, edificado com tempo e precisão. O olhar correu à meia altura e só viu janelas, brilhantes como escudos. Abri a outra folha. Parei e contei: eram cinquenta e oito janelas. Quatro enormes portas dando uma para cada vento. Sólidas.

Caminhando guiado por uma das paredes cheguei onde outra iniciava. Havia um trinco e o girei. Abriu-se uma porta em forma angular de madeira escura e espessa. Uma pequena sala encravada ao prédio. Entrei. Ao dar um novo passo bati com a cabeça num latão aéreo e bojudo, que balançou. Com a mão erguida segurei um arame fino em sua lateral, que deixou escorrer de um crivo água em meu ombro, depois de um ruído de sucção. Voltei a puxar o arame e mais água desceu. Um chuveiro? Com a canela toquei numa latrina. Mijei num escuro fundo e ressonante e numas bordas com som de tábua. Tinha cheiro de sabão de soda no ambiente e o chão era britado como um ralo grande. Uma corda presa num gancho no lambril suspendia o chuveiro por roldana. Havia um balde cheio de água ao pé da corda. E em outro canto de parede outra pequena porta, que certamente dava para fora. Alguém repunha as coisas ali, usando esta entrada secundária. No centro da peça poderia alcançar com os dedos todas as paredes, tocar na corda, apanhar o balde me abaixando, riscar um fósforo e ver um toco de vela sobre um cepilho, as nervuras projetadas da toalha pendida num prego igual a uma asa enorme morta em sua sombra. Girei o corpo ali dentro. Um pouco sem ar, sem direção.

Joguei o palito entre as pedrinhas do piso. Sua última luz jogou tudo para cima. Voltei à cama. Dormi a tarde e parte daquela noite, sonhando este lugar desde o crepúsculo.

No alto dele a cobertura limpa de forro formava um vazio poderoso e calmo. Armação e tesouras e a ferragem e as ripas e novamente o envolvimento escuro e estreito e parado, silencioso, no alto, arejado pelos guarda-ventos. Andei um pouco. As janelas se moviam como lâminas de persianas, verticais, ossos de uma espinha horizontal ligada a um sistema nervoso oculto. Estavam adestradas por alguém que domesticara raios de sol e lua. Os movimentos das folhas de janelas trabalhavam em comum com o pequeno eco criando atmosfera ao passo. Trabalhavam os dois para que os sentidos pudessem passar mais livres. As luzes agora recortavam e contornavam um pouco de chão e parede, esculpiam e modelavam, projetavam, moviam, guiavam as imagens entre geometrias que eram mais mímicas, sombras quase tecidas, crivadas de seus mesmos, protegidas por esquadros cinzentos e esquadrias negras, e deslizavam pelo chão ao menor movimento de qualquer uma das folhas de janela. O limpo estava no limpo, o contorno no contorno, o claro em módulos dimensionais, o espaço rasgado como estamenha áspera, um labirinto gráfico, ríspido e rigoroso, cheio de esquinas que se abriam e fechavam pela luz movediça.

Poderia se caminhar sobre listras, retraçá-las, retrancá-las no alto como um quadro, o relento e o plúmbeo, onde não havia mês nem ano. Gomercindo construíra um globo com paredes retas e ângulos, um cômodo onde a luz sentara entre pirâmides internadas, rolando suas leis e suas tríades por onde ele quisesse, sua rotação imaginária, sua vela, o astro do seu passo e sua pegada firme. Ali atara-se um fardo de claraboias, mais que isso, uma prateleira de luz seca, ali atarracharam-se uns quantos arrebóis. As cores eram diluídas depois de adelgaçar toda a gordura de uns archotes, pois a luz aqui não provinha da cera e da combustão, vinha da paz distante, dos decantes. Torceu aqui dentro o foragido clarão como se o fizesse verter de dentro de um cego idoso retirando as rolhas do seu olhar. Pensei ser absurdo, mas a mimese tem hálito, semblante e direção. Ele a jogou aqui dentro e depois bateu a porta para deixar ribombar a alma do silêncio iluminado pelas linhas de janelas.

No alto de uma das portas, e era a única inscrição em todas as demais paredes, Gomercindo gravara o dístico:

> Deus te dê Huidobro
> tudo o que me desejares

Fui até a escrivaninha de tampo claro que estava centrada no núcleo da encruzilhada de luz, se se imaginassem as quatro portas abertas. Ela estaria suspensa numa claridade exata, assim que o sol nascesse. E haveria uma projeção de vários feixes luminosos sobre o tampo de madeira encerada. A face das oito gavetas laterais, com fechaduras, tinha o mesmo trato, e havia um banco guardado no fundo do móvel, que trouxe até poder sentar e pensar que ali poderia ser executado um trabalho sobre o sul. Uma sensação estranha eu tive, de clareza e de réstia e de bico de luz aceso. Parecia mesmo, ali sentado, poder tocar o pensamento e modular uma imagem sem auxílio de êxtase. Assim poderia pensar sobre um pensamento e sem muito embaraço optar por discernir a melhor entre um conjunto de imagens. Nenhum objeto sobre a escrivaninha – apenas uma vela um pouco alta e atilada, de chama-língua-de-sorro, que poderia ser reposta por novas que estavam num volume junto a um dos pés, que escondia atrás de si sob as gavetas biscoitos, vinho e salame –, nem sinais de que um dia fora usada, sequer se fora feita mesmo para um fim dava para se afirmar em meio àquelas luzes corrediças, repentinas. Foi me ocorrendo que esse instante não era concreto e minha liberdade de usufruí-lo vacilou. A conhecida ansiedade, o ritmo do coração, a força desgovernada em tentar elucidar a todo instante misturavam a desgraça da razão na emoção, entorpecendo e velando o que estava por revelar--se. Aquilo vazio e parecendo não feito venceu-me. Imediatamente e com força puxei uma das gavetas e logo todas. Estavam chaveadas. Os ombros me pesavam pela ordem simples da verdade que ali se dispusera de modo a ser intuída. Aquilo que a velha me disse, que apetece ao olho do guará a noite apenas, poderia ser esse instante. Saber também é um exercício de paralisação corajosa. Porém eu parecia não ter peso, mas não estava tão leve assim, eu parecia parecer um outro, socorrido e esvaziado, sombreado, e isso era insuportável. Meus projetos engolidos pela sombra entre os retábulos construídos com lembranças, réstias suaves tecidas nesse abismo raso e disciplinado nas listras que circulavam. Não havia som exterior. O hermético ermitando, movendo os cílios pelo piso, raiando um disco monocromático, um brinquedo enlouquecido, acústico, térmico, um sal suando só: ermitério.

Minha testa estava molhada. Necessitava de alguma coisa vivendo, um plano, um câmbio rápido de impressões, um cheiro outro, estranho, juntado. Um passo que fosse, ímpar até de uma só pegada, descalço se preciso. Um corpo, sem a metade poderia ser, com voz, um susto real, rastejando, voando, que viesse segredar junto, ler comigo, procurar os signos que estavam no piso e nas janelas e nas portas e nas paredes. Um termo de comparação. Uma voz que nunca tivesse visto nada, que não buscava nada, desocupada desde a origem, mas que agora estava para sofrer as primeiras anotações, os primeiros moldes, o quadril grifado, os ombros preparados pelo longo aguardo. A carga, a carga enfeixada daquela estroboscopia, aqueles bisturis vaguejantes, que me ajudasse a varrê-los do piso perpétuo, que se lançava escorrendo para lá e para cá, cada vez mais amplo, cósmico. Ela poderia, a voz poderia revirar os planetas e o berço das estrelas que viajam pelas curvas, que voam ainda mamando na via luminosa, sem pele, no espaço sem pegadas, com frio e azul. Desceria pela grimpa verde da árvore, secretamente. Escorreria por baixo da porta, sentaria no tampo da escrivaninha e poria os pés no banco, a sujeira da terra das estrelas, e ditaria os sutras dos povos depois do céu.

Algo luminoso correu sob meus pés. Voltei o rosto para uma das portas. Um vulto de homem. A porta fechou. Uns passos até um lance claro. Era Gomercindo e me saudou já bem próximo. Jogou sobre a escrivaninha um molho de chaves e uns livros. Disse que havia muitas nuvens e que talvez chovesse. Falamos de sono e de uns tipos de comida. Depois ele cruzou os braços sobre a escrivaninha e neles depositou a cabeça. Ficou assim. Acho que dormiu. Acontece que a chuva já caíra. Ao redor e sobre o tampo até o piso descia água de seu corpo. Os cabelos, ainda marcados pela carneira do chapéu, foram umedecidos junto às abas, sinal de que o vento estava forte. A vela avolumava seu quieto perfil em repouso, e os pingos caindo ou descendo pela fazenda da camisa eram o que havia de mais vivo ali. Suas pernas estavam sumidas entre as fileiras de gavetas. E onde os braços não cobriam ficavam à mostra uns livros sem que eu pudesse ler as lombadas apesar da luz, do outro lado do seu ombro, incidir nelas com um pouco mais de brilho. E o fogo, ao consumir a vela, deixava que o corpo se assomasse num jeito de nascer do sol naquelas folhas que as pedras retangulares lembram na manhãzinha ao redor dos caponetes. Desdenhava da chuva branda e persistente na espera de que outra maneira de chover o dignificasse como aquelas que no povo referindo-se a ele diziam chuva guasqueada e estranha, que somente os antigos enfrentam, com elegância ríspida. Homens dos rigores, se consideram os antigos. E a sua umidade e seu cansaço diante de mim imóveis só poderiam ser entendidos em sua exterioridade, pois não perguntaria o que julgava sobre as coisas que se atribuíam a ele. As chaves estavam ali e nas gavetas parte de minha busca entre os seus papéis. Mas a hospitalidade não me permitiu usar seu sono para confirmá-la, e o seu rosto escondido sobre o punho não me deixava estimar que tempo ainda ele permaneceria imóvel. Talvez se as chaves ficarem ali quando se for. Ou quando ele achasse melhor. Nada tinha muito sentido mesmo e sequer pressa agora, e um pouco dessa sensação vem da ausência que oprime nesses ambientes onde não queima a madeira na terra e, por nada haver sobre ela que lembre uso ou propósito, permite que de sombra em sombra cheguemos ao assombramento e é ele quem ocupa os lugares das coisas que de alguma forma findaram aqui. Em seu sono elas viviam, no seu olhar dormindo, na sua voz que só os seus ouvidos ouviam. Pequeno mundo como um derrame contínuo, íntimo igual um sangramento em arame, secreto e sucumbido como um silêncio que demorou demais. As cores do cabelo, da camisa e das lombadas mudaram um pouco em amarelo e prata trêmulos. E assim que a vela tomou a forma de uma moeda úmida e o pavio caindo mergulhou na cera quente deixando a chama dançar sua agonia, senti que o escuro vinha nos cerrar desde o alto. Não troquei a vela como deveria ter feito. Me afastei dele para melhor observar seu fim em minhas vistas, no resto de luz. Ouvi sua tosse quando tudo era escuro. Quando todo o ausente vinha voltando no fogo que a memória do olhar por pouco tempo retém. Eu estava lá naquele lado escuro sabendo que o chão nu não se afastaria. E ele dormia com alguns livros em volta.

78 Sol nascia e sol caía, vinha a lua e a lua ia. Foram dias de solidão e murmúrios, sem nada de íntimo se escancarar. O mundo externo adentrava o galpão apenas pela luz, e quando ela ultrapassava uma janela aberta trazia consigo alguns sons, sons de poucas vozes que certamente eram de pessoas que algumas vezes estavam naquele pátio interno que vi quando cheguei. Eu me sentia sufocado, mas não pensava em abandonar esse lugar. Uma asfixia, uma longa nuvem, vinda de algumas regiões do cérebro, enegrecia lembranças e apagava temas e engolia nexos, alguns que foram importantes, que foram mesmo irretorquíveis, nascidos na unidade de um destino. Agora estavam fora, estranhos, irreconciliáveis. Apenas as palavras de Eliot, muito serenas, latejavam numa esperança de pouco pulso, pulso que desvia, esvaece. No meu começo está meu fim. No meu fim, meu começo. Cacifes fragmentados sobre uma toalha de feltro verde, já sem donos, num pequeno monte que ninguém toca. Fichas de lata escura, com brasão reiuno ao centro, moeda popular, de domínio noturno. Um tempo de expelir os paradigmas, arregaçar as mangas para que eles caiam entre os olhares de quina de quem joga a madrugada em tabacos, em coimas, em revelações fora das regras, regras fora dos homens. Finalmente ver, talvez passar nos lábios o punho da camisa sem as senhas interagindo com o blefe. Situações escondidas. Ausência de cartas. Passageiro nos recortes de luz de lâminas de janela, drogado pela sobreposição de um foco no outro, efeitos de cem espelhos que não refletem, apenas deixam passar luz em luz, calando-as no esporádico espetáculo transfigurante, sem atos,

imemorial mas temporal. O fundo avança para o mais fundo, que retém um outro, um outro material de esquecimento, o que unira a estrada e o extravio, o subsolo sem flor nem entrecho. Treva da treva. Idade do caminho, aniversário, velas acesas no sol. Caminhos que se completam uns nos outros, latentes, suas fatias panificadas e servidas em canções e transversíveis sorrisos. Caminho feito, desmascarado. Donde a barba e o pentelho, donde a flor da idade, daquele núcleo de chão sem mimo, chão inteiro que se leva pela vida afora. Sensação da selva inteira no arbusto, galho vibrando no rumo que gira e descansa, ponteiros de mercúrio, ímã sem pausa, sugando, desalojando. Estopas, espumas, esponjas saturadas e que passam, conceitos que passam, sistemas que passam, axiomas que regridem, de mãos para o alto, contra a parede. O passar está nas campânulas, em cada caco pisado, no que balança uma lamparina no vento da varanda. Na entrada de uma ponte curva, na medula do tropel, no esvaziado retumbo de um petrecho que se solta do volume e senta e dorme a sua cabeça repentina. Dorme com a cabeça no ninho do sereno, entre anzóis, nas facas aduaneiras, no candil dos pescadores sem margem. Encapa o passageiro um lugar e vai dormir na meda, a cabeça num garfo agrícola, disputa ali, sonhando, cinco marias de estrelas. Desinfestar, retirar de si um certo alarido, render-se ao descanso. Fuçar numas coisas escondidas, reparar um dano menor, copiar para uma outra memória um segredo ainda quente. Logo se vê sua fronte no relâmpago debulhando a nuvem, a mesma nuvem que tem pedaços dentro de mim, detonando.

Aqui é ali. O passar está dentro de o lugar. Carrega umas tarcas com nós de tempo presas nos passadores da cinta para contar os dias. O dia cala sua lâmina no retovo do olhar e tira lascas vivas. Deixa sua visão de paisagem na arruaça do cenho, firma ali um sendal, a intempérie mínima, a unidade do futuro, e o esconde depois, num remoinho de retoques, para um fundo morno, circulante. A juventude é um merecido mergulho que às vezes damos num rio rolando sobre pedras. Do alto das madeiras do olhar num fundo provisório. Num plano de queda que tem umas alças que vai à flor-d'água desmanchado o repuxo. É oblongo do alto do pulo. Depois é macio, remanso, impelido pela crise líquida em ondas até o oco da margem, numa gruta de terra onde o rio busca uns nacos.

Não conseguia me ajeitar na cama. Todos os meus lados já descansaram o suficiente. Mas havia um resto de pensar que precisava ser feito. Eu estava com uma imagem de palavra, uma palavra zepelim, um pequenino zepelim, um pouco maior que uma mão fechada, ela tinha uma letra com cedilha, e na cedilha, na alça dela, um homem estava agarrado, parecia haver naufragado no ar. A palavra voava levando-o. Era uma palavra-pólen. Ela poderia ser calço ou caça. Mas ela era outra, vagando num grande espaço. Depois ela embicou, ela procurou um local limpo para aterrar. Nele ela afundou e o homem também. Era numa terra hortada, com longos contornos de vergas que acabavam nos matos circundantes. A terra era nova com cheiro de fim de raiz doce. A palavra poderia ter escolhido uma flor aberta. Mas não. O que escolheria o homem para seu pouso? Quis vê-los lá onde estavam, se ele já havia soltado a alça dela depois de semeado. Mas nessa visão me chegaram vozes e sobre elas não posso falar. Senti primeiro apreensão, depois somente pressa e ânsia sufocante. A visão se cobriu para se perfilhar. Ficou secreta e passou a compor-me. Eu procurei uma distração para esquecer do homem e da palavra semeados. Fiquei relendo, com o olhar nas telhas escuras, deitado de costas, autores que me confundiam. Dois livros que se embaralhavam. Goethe era um deles. Nisso entrou a imagem daquele linguará da encruzilhada, suas formigas e sua música, as suas coisas obstinadas, som e liga, suas ferroadas, nasal e visual.

Saltei da cama e fui andando ali dentro. O vazio demais desconforta, desarruma. Dentro de um galpão desse tipo se nota que o homem necessita ter uns preconceitos e algumas hipóteses bestiais, um pouco de joio para o trigo regular. Poderia fazer soar mais forte minha pisada, dar com o calcanhar na crosta sólida, mas ainda assim eu ouviria desinências de verbo e mais uma vez o tempo entre algumas grades, um solado catalogado tanto nas paredes dos fundos como nesta aqui, tão próxima. Uma entropia de andar ao comprido, sem largar nada no chão.

Com esforço comecei a subir pelo peitoril de uma janela fechada e logo encontrei uma discreta escada de pregos, que pareciam estar para se dependurar retalhos de luz que ficaram perdidos do seu dia. Atingi os barrotes e fui subindo. Depois pisei uma transversina e vi o galpão todo desde lá, entre as tesouras. Seu iluminar quase marinho, coado, ou uma tenda de fogo transparente, um vulto na noite com velas sob panos, um

82 fósforo riscado nas conchas das mãos no vento escuro. Disse uma frase de lá para dentro dele e ela transpassou pelo meio da imagem e retornou, esbaforida. Depois ela sumiu no pequeno pó de uma madeira, junto a mim. O galpão me pareceu uma espécie de templo de tempo, com muita acústica e pouca mobília. Mas templo de tempo era muito solene. Era muito sólido, mas também muito simples, embora não fosse apenas simples nem de uma solidez comum, de pedra sobre outra que se enxertam, e de algum madeirame armado apenas. Ali dentro daria para se guardar os sótãos da nossa infância. Guarnecê-los, finalmente. Eles ficariam protegidos do rigor, acomodados até uns sobre os outros formando uma subedificação de subjetivos nossos para visitação, de casinholas com vidros coloridos, um pouco de musgo sobre as tintas pálidas, cores que ressecam, depois estalam, aderem para sempre num som de sentido, como se fossem uma unha, um luar, uma dessas figuras paradas no meio, um pouco na paleta e um pouco no pincel, como a alma no limbo. Tão grande são as coisas, mas sempre cabem dentro de outras, se a intenção é velar. Elas se esgueiram, chegam em nós, quase em itálico, para se aconchegarem, se arrancharem. Assim adormecem, com uma pálpebra envolvendo um outro glóbulo, um mirar recolhido para os seus fundos, apaziguado. Sótãos, repeti.

Fiquei falando mais alto, então. Minha voz ecoava e era Goethe e era, agora, um outro autor também, e pensei e disse ter descoberto na natureza, animada e inanimada, dotada e desprovida de alma, algo que se manifestava apenas em contradições e que não poderia ser formulado em conceitos, tanto menos em palavras. Não era uma coisa divina – pois parecia irracional –, não era humana – pois não tinha inteligência –, não era diabólica – pois benfeitora –, não era angelical – pois com frequência traía Schadenfreude. Era como a sorte em sua inconsequência, como a Providência nas revelações que não revelava. Tudo o que põe limite a nós lhe parecia penetrável, intencionalmente parecia recombinar os elementos mais necessários a nossa inteligência, eclipsando o tempo e estendendo o espaço. Somente no impossível parecia à vontade, expulsando de si o possível, com desdém. A esse ser que parecia interpor-se entre todos os outros para separá-los e uni-los, denominei Demoníaco.

Sentei sobre a transversina e fiquei balançando o corpo, no alto, sem medo. Pude rir. Lençóis brancos cortinavam as luzes que eu via, num todo amarelo e num vento pampeiro, um biombo insuflado, debalde, uma aura de cobre alazão enrolando a casa das cunhatãs de rebrilho nu, só de ângulos trançados. Assim dei de cara com o demônio e repeti, disse-lhe do alto e do centro, do lugar onde eu estava, que ele poderia nomear a condição de possuídos pela vocação, pelo destino, por uma poderosa latência na própria existência. Vocações fáusticas que marcam seus portadores como seres governados, sendo formas de possessão do mesmo teor que as mais negras compulsões regressivas da doença mental. Que não sentem dores, nem o ferroar os incomoda. E são guiados para a frente pelos seus pactos, em direção ao não-ainda-existente, não para trás em direção à repetição sem fim de fixações infantis. O Demônio é quem preside a toda criação, a toda produção, e tem a chave de uma obra que ainda não existe em parte alguma. Mas nada ouvi em resposta. Estaria me faltando uma encruzilhada? O avesso da fé? Olhei o tampo da escrivaninha lá embaixo. Uma pequena vela estava queimando em silêncio sobre a madeira polida.

Dei umas passadas sobre a transversina, procurando coisas para tocar, contatos, coisas suspensas ou soterradas, sofrenadas ou em ventania, pensamento: eu emagrecia, vi na pele das mãos o rigor das falanges, pensava em minha face e numa forma de pentear que ficara no pente. Estava ali. Encarando, enfim, o quê? As ciliosas listras lá embaixo eram projetos de pequenas aberturas de umas poucas janelas, e movimentavam-se como remos alongados pelo piso. Elas corriam, às vezes, nas paredes. Talvez fossem uma mensagem gnômica, tão ancestral quanto a cinza, do tempo do sopro no pó. Remos que lembravam cenas de barcos, barcos sem nome nos cascos, água e pedra anônimas, ancoradouros, cordas e ondas. Baldeações.

Se eu apenas desse de ombros, virando-me para uma outra parede, um outro imaginar? Mas lá estava novamente a mesma fieira de temas pendurados, ainda pingando, vivos, se debatendo. Instante desdurado, eviscerado, transbordado numa confusão de vasilhas que descansaram na chuva. Minha garganta estava seca. Antes de descer ouvi um som que era uma risadura entrando pelas frestas, incômoda e sem pausa, cheia de frêmito, que parecia estar em todos os lugares lá fora. Sentia que se abaixava para rir. Mas ela foi amiudando. Se fez um grande silêncio, um grande desocupar de tudo. Linguetas de luz, corrediças, passavam no piso lembrando pequenas antenas, delgadas. Desfaziam-se nos ângulos da construção. Subiam um pouco, refeitas, deslizando nas inclinações, sem dobras, em pequenas ondas repentinas, alongadas conforme. Vinham de espaços de frestas das janelas escuras, recortadas, talhadas pelo vão, quase frias. Quando encontravam a fileira de pregos por onde desci, elas a tocavam como dedos num tecido solto, que passa. Se tocassem na escrivaninha, que assim refulgia, nos seus cantos, rente a eles, como uma camisa no punho da tábua, andavam. Num salto delas atingiam o escudo de uma porta e se mesclavam à tinta sem cheiro. A dificuldade em encarar esse zanzar luminoso se mantinha, e para além do esforço era apenas nesse plúmbeo que me cabia refletir, se na fisga refletiu o peixe já fora, no chão, mas sem céu.

Eu estava sentado no piso quando Gomercindo entrou e foi consumido pelo escuro, no rebombo dos passos. Ressurgiu junto à escrivaninha. Arredou o banco, voltou a trazê-lo, como quem faz tempo. Sentou e balançou-se nele, depois me olhou demoradamente. Falei:

– O senhor, lá fora, estava rindo das minhas aflições ou da oração que fiz com raiva e vigor?

– Não, eu não estava rindo. Tuas aflições não me causam risos. Dom Terceiro Azulado é quem costuma rir dessas coisas. Ele é um troçador. O riso dele é desconfortante. Alguns dentes seus foram levados pela nuca de um potro, quando domava. "Meus trinchantes!", ele disse. Mas já era tarde e o cavalo não gostava de chapéu.

Sei eu quem era dom Terceiro Azulado. Algum ser estropiado, certamente. Cortado, mordido, queimado por trancas de cordas distendidas, ferido no olho por laços estourados, rengo, risonho, um estilo passando entre os arames do alambrado, apenas. Fiquei pensando um pouco. Depois olhei, e disse para Gomercindo:

– Não aguento mais este galpão. Não aguento. Maldita a hora em que entrei aqui. As sombras parecem salivar, estou ficando encantado aqui dentro, me sinto fraco, nem minha voz é a mesma.

– Não sei por que insistes em chamar este ambiente de galpão. Não é um galpão. Um galpão é outra coisa. Aqui não há nada que te possa fazer sentir-te num galpão. Eu providenciei para que isso não acontecesse com ninguém.

– Tudo aqui foi feito para ser galpão. Galpão é o seu nome, mesmo que nada o lembre. Ele está junto a uma grande casa, é como os outros. Aqui há uma ausência apenas, algumas coisas estão faltando, não sei bem quais. A ausência do fogo, que foi substituído por um jogo de luz, sem calor, sem fumaça. Não existem as coisas que se guardam depois da lida, que cheiram a suor e serventia, mas mesmo assim essas coisas vivem aqui, mesmo não estando. Elas sabem que aqui é o seu lugar.

– Eu te diria que é um problema entre o autor e o leitor, não mais da obra. Essas coisas de "depois da lida" que procuras já não existem mais, se transformaram, se transfundiram. Se abrires a cabeça de dom Terceiro Azulado poderás ter com elas, ele as guarda e vão morrer com ele. Não as procures aqui dentro, os "teres" e os "haveres" não mais estão, não mais são. Eles não mais "hão" de haver. Escreve. Escreve logo. O tempo mudou. Quando me refiro a dom Terceiro Azulado, sabes bem que não é a um ser que me refiro, mas a uma alusão de ser. Eu o estou cintando. Eu vivo uma obra. Uma obra precisa de anos para se escandir, chegar no tempo, eu estou chegando nele. Mas não sou autor nem leitor, e sou um testemunho. Tenho uma maneira de ver as coisas, uma forma, uma construção. Eu utilizo as coisas para preservá-las. Eu te entendo assim.

– O senhor pensou em fazer algo que escondesse um segredo. Talvez sob a luz moldurável esteja o que guarda, esse dia e essa noite, algo no fundo do senhor e do nada, uma procura na outra, perdidas, mas geminadas. Construiu para ausentar daqui o exterior e com ele as coisas. Não há aqui lar, tenda, cadeira, lança, espada, cozinha, abate, comida, bebida. Ficou um silêncio ativo, e nele as coisas se remontam. A escrivaninha, o banco, o limpo, puras espreitações. Anúncios... Temores.

– Cruzes!

– É o que parece. E o que encontro – eu disse.

– Aqui nada há para ser temido ou temer. Aqui é um local onde só o tema temor aflora, vem à luz. Não esses pequenos medos que nos fazem abater, beber, comer, lembrar o sangue, enfiar a faca, tecer. Isso pertence ao mundo das preocupações, mundo carregado, ocupado, desgraçado. Se ultrapassarmos esses comezinhos dilemas, de aplacar a primeira manifestação dos instintos, os essenciais surgirão e nos devolverão, no seu tempo,

88 a um outro trabalhar, regido por outro relógio, por outra estrela boieira e por uma liberdade. Inteiros, mas não intactos, nem conclusos, andaremos por seu pé direito aqui dentro. Não é um problema da obra, que jaz sem angústia, mas do autor e do leitor, que permanecem fustigados. Quem construiu e quem habita devem seguir um projeto que a obra conclusa anuncia. O que está feito nos acompanha e nos rege.

– Quando gritei um número, ele voou aqui dentro. Voou e parece ter penetrado a parede. Por quê?

– Os números, aqui dentro, têm ossos e podem suportar o mundo. São feitos da realidade do som quando acordados; dormindo, são sinais, consciência serena. Todo número dito vive e volta. Basta deixar a mão em palma para ele nela pular. Nela se aninha, e ali gera outros de si mesmo, que o socorrem. Eles gostam daqui. Nem um número é só. Vamos falar dele. O número vive na seda e na lâmina. Quando morre um pai, nasce um número. Quando morre uma mãe, nasce uma palavra. A palavra é de outra esfera, entre a saudade e a ação. O número vai de uma a outra e nos informa, mas o número cansa, desiste. A palavra está na seda, na lâmina e no número. Vamos falar da palavra. Toda palavra é divina na mesma proporção que é diurna. Diabólica é a palavra entardecida: ela é diuturna. Observa: paineira e regalo. Qual das duas passou a noite fora? Sete ou oito, qual dos dois andou por aí? Pela ressonância poderíamos dizer que o oito é da família dos regalos, o sete das paineiras. Mas é o avesso. Uma tem malícia e a outra não. O oito nos remete ao aconchego, à paz, ao dominável. O sete é um extremo. Está sempre em pé. Chamam-no Belo, em alguns carteados.

– Se pronuncio algo pitoresco, como chimarrão, essa palavra também voará e retornará a mim. Ela é natural deste lugar?

– Aqui dentro não há o pitoresco. Há o típico.

– O que é aqui dentro?

– Aqui dentro não é.

Cintilava a lua nas fatias do piso. Nove folhas de janela estavam abertas. Não de todo. As outras folhas eram negras e sem par, se recortavam nunca em luz. Nuanças dominando o olhar, mexendo nele. Procurei entender aquilo. Mas não consegui. A compreensão parecia estar do lado de fora, onde estavam as coisas. Lá a árvore, o rosto. Nesse moinho abstrato, alimentado de ar e sem cor viva, eu amanhava o espírito, que, mais vedado e mais cênico, permanecia sem saída. O tremeluzir entrando pelas janelas inquietava, e inquietava mesmo, suas reinvenções brilhantes me aniquilavam. Gomercindo permanecia sentado, disperso, mas com um jeito curioso. Depois moveu o indicador várias vezes junto aos lábios como alguém que busca assegurar-se do que vai dizer. Num momento parecia querer ralhar. Mas seus olhos estavam mais para abençoar ou então dividir uma dúvida. Apontou para mim um dedo trêmulo e com a outra mão pareceu tapear um chapéu. E disse:

– Por esse delicado sufoco por que passas deves entender que aqui é um ambiente, um estar. Talvez um trânsito, não sei bem. Importunou-me para vir. Aqui tu estás, antes e depois dos galos cantarem, e já cantaram antes e depois. Não há truque, há uma magia, uma habilidade. Aqui se pode vociferar. Goethe talvez tenha um sentido aqui dentro. Ao repeti-lo, hoje, viste que as palavras estavam além das tesouras de um mero galpão ou de suas telhas, ou de sua geometria. Os sombrios sobre o chão não são nada, servem para simples propósitos. Conseguem entreter nosso pânico, preparar-nos para a ausência, revigorar a obscura busca. É uma estação conservada em seus genuínos traços para que haja uma liga dura nos momentos fora do suportável. A maneira como essas luzes nos dissociam, inauditas, acaba com nossos nervos. Algumas verdades estão depois desses nossos feixes de carne dura, desses tensos passos desde o acolá. Isso é uma vantagem. Uma chance. Sabemos melhor onde está nosso acorde e nossa coma, nossa coda respondendo nos finais que se sucedem. Assim somos também compositores, temos uma visão da nossa sinfonia nesse pentagrama vagante. Ouço bater na porta três vezes, mas não sou Beethoven, não imprimo a partitura. Orgulho-me de ver nascer o tempo e não sou Einstein. "Nascer o tempo" eu disse, e não almejo morrer na cruz que construo no centro do piso. Pouco sei do pó para onde vou, ou da fome dos cadáveres e de seu frio. Sei da linguagem dos meus avós, perdida para sempre em mim. Falemos deles, eles que nomeavam o primordial texto da estância e dormiam com um olho pregado no vazio do alto de uma janela por onde o primeiro raio de sol entrava, fundidos ele nela como um pano humano ainda no fuso. Um dia eles foram embora deste lugar. Como depois meus pais. Então eu quis criar ambientes onde eu pudesse estar com minhas coisas. Isso aqui não é um galpão, pois minhas coisas não se penduram nem descansam em cavaletes nem necessitam fumaça e calor. Aqui é um ambiente. Eu construí um Pensado. Isto é um Pensado. Aqui eu posso solver o tempo. Posso sugá-lo, hauri-lo, guardar em mim sua matéria e sua memória. Posso humilhá-lo até a contabilidade, transformar uma era em um risco na parede. Meu olhar apreendeu esses filamentos e essas réstias, essas incessâncias, à sombra de objeto algum. Arredei os demiurgos. Escondi os arquétipos. Estou sem nenhum entrave. Estou na luz e seus tules, na sua rede. Não há mais fusos, coisas peristálticas, necessidade de produzir e tocar e trocar, guardar e prever. Se feito, feito lá fora: fora da minha memória. As linhas de luz se tocam, mas não se modificam: não há prova de nada. Aqui nada é feito. O início é pelo desfeito. Uma obra nasce, anoitece, some sem registro. Não há como dela se inteirar. A noite e amanhã é como um homem: um átimo num atol, sem escape. Uma aparência sobre a outra, trançando um teorema sem essência, mas se a quiser é só revolver a luz com uma janela: ela está sob e sobre, ela é o nome e o utensílio, está dentro dele e o envolve. Basta saber que ela está trabalhando algo. Ela está no Pensário para isso. Falemos do que eu fiz. Tentei uma vez equipar uma oficina para mexer em tarecos quebrados. Mas todos os feitios que fiz foram ficando ainda mais preju-

92 dicados. Eu estragava o estrago. Abandonei o projeto, e tive uma ideia de ideia, um xis infinito sobre o campo arável, que me permitisse andar sobre ele sem entender sua utilidade, finalmente. Trabalhei muito tempo sobre o campo que era um lindo pasto. Fui internado então num hospital, e o empreendimento ficou ao relento e todos os meus esforços perdidos entre as flechilhas e o trevo, babados pelos bois. Fiquei muito tempo entre paredes vazias, num sanatório, sentindo pela luz de uma única porta a vida. Eu não me sentia enfermo. Tive alta. Depois interditaram meus bens de herança, e só posso usufruir sem fim de toda esta herdade, que me pertence de sangue e direito. Mas não interditaram minha existência, minha recorrência na chuva, o que eu sei do inverno. Lecionei para crianças até que seus pais não mais as suportaram. Fui ficando só, provando espinhos, numa depuração involuntária, mas compulsiva. Revi várias coisas, entre as escoltas e comitivas que aqui chegavam, entre os comparsas que vinham no início das primaveras para a esquila. Era uma forma de lenir, de me adiar. Depois viajei. Entrei para o contrabando, sem mover-me a pecúnia. Conheci melhor a fronteira. O grande rio dos pássaros. Aprendiz de vaqueano e depois vaqueano, sobre o flete, sob o relho. Entrei em livrarias castelhanas cheirando a estéreo e comprei livros e li. Organizei de tal forma as tropas ilícitas que me tornei indispensável, depois temido e depois quase morto por conhecer. Ganhei e perdi muito. Fui quebrado pelo amor e quebrei. Depois apenas zanzei por grandes cidades daqui e de lá. Ninguém sabia nada, ninguém ouvia nada. Fui rindo só: a fome

e a vontade de Mallarmé. Fui rindo só. A lápis de carpinteiro, anotava na borda das páginas. Fui me encantando com a mistura de folhas de livro com arroz de charque, creolina, cravos de ferradura, cravadores, sabão de soda, lombos pisados de cavalos. A nomenclatura dos freios, as selas portenhas, os bastos Paissandus. Vi os trançadores se esvaírem cuspindo nas loncas até vidrarem os laços, os trançadores que rebrilham encantados pelo próprio botão do arremate que fazem como rosas sem nome e vendem para que outros disso vivam. Ouvi, no calvário da tropa, as pajadas, até a saturação. Artistas que amadurecem no frio do sul e se recolhem para os balcões para morrer drogados pelo espelho dos copos, trêmulos, as notas trastejadas, a sua arte varrida junto a nacos de fumo e sebos de vela pela guanxuma. As delongas das milongas vagando nos corações já pálidos. Entendem que a tropa que foi nos levou. Os foles vermelhos dos tropeiros musicais ficam intercambiando esses aléns, os nossos Mefistófeles abrindo e fechando o sonho, como velhos ferreiros que moldam na sua forja o cavalo e jogam fora o cavaleiro.

Enquanto falava, não movia muito os braços. Mas muito os olhos, e intensamente o sobrolho, às vezes escondia as mãos, ou as levava ao peito, sem bater. Eu tentava compor sua fisionomia nos instantes de silêncio. Círculo de chuva na argila em luz de lampião de noite eu lembrava, quando a vela mantinha o lume em pé, gerando imóvel a luz no tampo da escrivaninha. Iluminando o lado esquerdo do rosto parado, mascarava o lado escuro, escondido e mutante. O olho cinzento na treva voltado para mim. E o outro no claro mirando um ponto ao fundo onde as paredes existiam sem forma. O nosso contorno todo era um foco solitário no escurecimento, fixo apenas na nossa imaginação, que assim poderia ser ainda mais amplo, mas não menos claro em seu centro e certamente não mais escuro à nossa volta, que ao estender-se o braço, a mão sumia nele. Buscava reconhecer aquele rosto em alguém da minha família. Buscava reconhecê-lo entre os das famílias que vi. Mas era uma fisionomia árida para a lembrança, composta mais de meio século antes de eu nascer, e ainda com vagas zonas de juventude onde sua idade não havia penetrado por inteiro. Harmonia ele buscava no rumor que há no escurecido quando as vistas nele se acostumam, mergulhantes. Seu semblante mudava, e a pele do seu rosto parecia saudar algo lá no vazio tormentoso, às minhas costas. Os olhos grelavam. Os dedos mexiam as chaves no molho. Depois, sem abrir o livro ele o pressionava com o indicador contra o tampo, e com o polegar ele fazia as bordas das folhas passarem velozes como pequenas pás, em ruído contínuo. Das folhas vertia um pouco de ar que dava no lume, e o lume movia e tudo aquilo se transformava novamente. Seu rosto se embaralhava, parecendo rasgar-se em tiras. Ele aquietava o dedo. Nossos vultos se acalmavam, como se o mundo seguisse a vela.

Poderia dizer que ele ficou ali, no banco, durante horas, mas que tipo de horas eram aquelas? Ele apenas trocando de perna sobre os joelhos e batendo a sola da alpargata no pé. Poderia afirmar que ele não falava assim havia anos e que esses baldios vieram à tona quase num sufoco. Ele estava magoado por eu ter chamado de galpão o Pensário, como se eu ferisse com signos um signo e o obrigasse a desertar dali as suas querendonas abstratas e todo um aprendizado que fora sendo feito sem necessitar retoque e muito menos de razão. Ele precisava criar uma coisa, como afirmou, uma coisa original, radical, que germinara nele desde a infância. Acabou construindo efeitos de efeitos que determinavam o claro e o escuro e depois os reformulavam. Uma dimensão a mais onde os tempos pudessem ser expostos sem classificação e pudessem desnudar-se ou reduzir-se, no meio dos seus ambiciosos desejos. Ali ele reinava com seu baralho em branco. Um local de rendição absoluta, onde depois de depurado se roga por uma ilusão. Era uma casa de Eliot, era o que eu queria, mas de um Eliot relido diferente. Uma forma de ler já em imagem, sem pausa, sem ruído, sem leitor. O cão que abocanhasse a própria cauda e seguisse girando até se anular. A serpente de Valéry viva no espaço, o rastro e o bote nela mesma, confusa e voraz dentro do próprio veneno. Senti que atingira um extremo, uma certeza, um absoluto isolamento. Conseguia ver o bote, o corpo, a cauda, o corrupio luminoso das duas abstrações transpassadas. Ele falava, eu não ouvia, intrigações, purificações, depurações. Aqui é o conceber, a digressão e o enxugamento da imagem. É para isso que a luz aqui pinga, sua, se eviscera, delivra. A realidade tine, tilinta em seus restos. Uma risadura engaiolada num corpo imaginário, nem cão nem homem, olhar sanguinolento, unhas em garras, supercílios revoltos, ossos na face movendo um linguajar ferino, sentado à minha frente, dizendo haver lido bulas, ter descoberto que o aramaico é a linguagem dos arames nas noites de vento, e que quando se podam os sentimentos se revigora a paixão. Dizia coisas minhas nas dele, deslavadamente se apropriando de tudo, num furto profuso, elétrico, contagiado.

– Começa a escrever aqui – ele disse –, trabalha com um sentimento ampliado usando uma corda de couro com trança de oito que corre entre os dedos que a tentam comprimir. Reduz a cena para o pescoço do animal, pois é onde ele tem mais força e as tuas mãos, ao tironaço, mais fraqueza. A corda queima. A carne aviva. Nasce a necessidade de dizer coisas. Vieste buscar espaço e calma. O ser está em carne viva. É a hora. Evita o pântano da filosofia. E os diálogos que são a ruína do texto. Cada citação é ferimento na escritura, naufrágio da linguagem. O que falarmos dissimula e faz com que seja sugerido por uma personagem silenciosa que te acompanha na narrativa. Apunhala-me. Inicia a trabalhar dentro do Pensário... Uma coisa apenas... Deixa os alicerces do que é dissertado permanecerem, expõe a carpintaria num contrabalanço de vacilos, mantém as cicatrizes onde elas forem sendo curadas. Faz com que a estrutura e a armadura se enredem e se pareçam, dando um travo à luxúria verbal. O que é penetrável numa primeira olhada não se vale olhar. Salva-me. Dialoga comigo em tuas anotações.

Uma coisa nele me lembrava. Ele estava virgulando como eu. Me deu certeza de que ele era dom Terceiro Azulado, de que o potro seus dentes havia quebrado e novos e diferentes dentes nasceram nele. Era ele quem pactuava por aqui. Que ele não vendia, mas comprava. Que não me queria, esperava. Suas pausas horripilantes entrecortadas de termos metálicos esfrangalhavam meus nervos. Ele não tinha a linguagem dos avós, aqueles vocábulos subterrâneos, primordiais. O trânsito das suas palavras deixava polvadeira, eram palavras-instante, curadas, dominadas. Ele não via o nascer apenas do tempo, mas do pensamento alheio. Ele disse: quem sabe onde nasce, sabe onde finda, e onde nasce, finda. Ele precisava estar muito fora de tudo para ver assim. Onde lera Mallarmé?, eu queria saber. Volumes de caixas de madeira lançados na correnteza do rio que aportam num fundo de campo em Santo Isidro, ele disse. Mentira, eu disse, Mallarmé não vem por água, vem da dor vazia, nas mãos das sete-catingas, nos milagres, na luz das lâmpadas de papel. Na intuição doentia, no delírio irreversível, na apostasia, na monomania, ele disse. Mas aí ele me mostrou um mapa missioneiro e do oeste do sul, e sobre ele abriu uma das mãos em forma de estrela, e foi me dizendo o nome e o nome do nome: há mais doentes monomaníacos no mundo e aqui formamos uma rede clandestina e comum – ele apontou uma região de cerros –, seres que nunca se visitam mas que se adivinham e se inventam, que não ousam corresponder-se. Não estão vivos nem mortos, como em Comala. O autor e o leitor mortos, apenas a obra dialogando no abstrato parador, onde vive a nossa confraria sem atas, num rancho, as portas sempre abertas ao sinal da vida para a folha. O Cego argentino está no rancho e está morto. O copista está morto. Os dueladores estão mortos. Os arrieiros, os correeiros, os arrabaleiros, o sol, a lua. Todos mortos. Os caminhos estão vivos, a obra está viva, o Cego está lendo, da morte para a folha. Autor e leitor, mortos. A porta está viva, o abrir da porta está vivo. O rancho todo está vivo. Ali chegam outros mortos, Rulfo morto, Cortázar morto. Nós dois estamos vivos, este mapa está vivo, o diálogo está vivo. Lança um volume no rio e eu ouvirei. Os tomos contêm a fala do que eles falam em suas travessias oblíquas, turvas, na cerração que os protege. Como o trigo na bolsa a folha do tomo na água. Eduquei-me para isso. Sétimas maiores e menores, nonas, comas e codas, para ouvir o som da morte e o riso da obra, na polissemia devorante, a risadura, se queres. Estive, sim, nos campos neutrais dos dialetos, onde todos falam e ninguém entende. Na entropia onde o todo resmunga e se apalpa e não se encontra em si. Poloneses, italianos, espanhóis, portugueses, alemães, russos, árabes, índios, africanos, cada um com seu sotaque, dançando a subjetiva solidão. Eles não sabem dizer o que sentem, uns pensam dos outros: punho, punhado, punhal, na zona onde as línguas maternas dominam soberanas os filhos mudos que estão tentando a sorte no sul num lance de foices. Ouvi-los é colocar o som num biombo e tentar apartá-lo, contê-lo em tabiques, pois não conseguimos compreender que temos a linguagem das linguagens, a Babel horizontal a céu aberto, a palavra suja, nossa memória ali, sua carne viva para ser recolhida pela folha nua. Onde estão nossos sábios nessa hora, nossos exegetas, que nos desperdiçam e nos desdenham? Voando, certamente, voando para longe, onde o falar é velho e cansado e já disse tudo. Aqui dentro não é. Tente escrever qualquer coisa aqui. Tudo se apagará. Aqui é um lugar mnemônico onde eu existo e o material do Pensário é sem fim. Eu reino, mas não sou senhor nem escravo, tampouco temo. Aqui um pensador pode contemplar calmamente a coruja, o metabicho, e talvez sopesar a totalidade inabarcável desenhada na asa única da sombra na parede, o complô da essência, desaparência, e depois o escuro, o muito escuro então, e para se vestir de saber se vai voando. A obra é a morte do autor e é sua vida, pois é a saudade que nos faz registrar. Por ela vamos até um círculo de lua onde a esperança esvaziou. Nós desejamos mais quando estamos nesse morrer. As nossas necessidades mínimas ao nascer foram esquecidas e se multiplicaram toldadas no silêncio ativo. No berço necessitávamos de um seio, agora de um céu. No meu começo o meu fim, no meu fim, o meu começo. Estou no meio disso e quando me atrapalho demais eu rogo encolhido para que as janelas se abram. É bom que tu estejas aqui. Mas não deves mexer nas janelas ainda.

Levantou, recolheu o molho de chaves e os livros e o mapa. Seu vasto olhar enfeixou as sombras, como se os olhos viessem buscar alguns gravetos para um fogo. Juntando suas coisas em uma das mãos, me perguntou:

– Dom Terceiro Azulado existe ou não?

Pensei. Voltei a olhá-lo. Eu disse:

– Faltam-lhe três dentes na arcada superior. Ele segura pela cabeçada um buçal e caminha descalço e sem pressa pelo campo atrás de um potro nunca visto. É igual a nós e por isso está aqui. Formamos uma ilusão. Ele se domou por si, o homem e o potro do homem estão de rédeas. Criamos um passatempo. Ele mantém bigodes que encobrem todo o lábio e caem até o meio do sorriso, para esconder a falha. Ele é e não é, e o que tem na face é o que Hamlet perseguia na alma?

Ele riu. Eu também. Na porta, reolhou-me:

– "O menino é o pai do homem." De quem é isso?

Eu ia dizer um autor. Mas ele interrompeu:

– Wordsworth.

Abriu uma das mãos e falou:

– Cinco temas apenas compõem todos os livros. Escolhe um. Começa a escrever aqui no Pensário.

Voltou a rir, já com metade do corpo fora do Pensário. A luz da porta foi cortada, o chão escureceu. Eu não tinha sono. Fui enlouquecendo.

Senti uma paz mineral, deslúcida. Imerso numa calma funda, líquida, num vareio denso e cravejado por umas luzes estampadas de nenhuma cor, que corriam em gomos de meia-lua mostrados na ponta de uma vara, vara por si mesma conduzida no centro de alguma coisa muita intensa e cheia de estalos e vozes, parecendo uma feira que entrava e saía de uma paisagem, deixando marcas nela, marcas da passagem nos ramos e na sensação das árvores, umas sequências de esquecimento que se reúnem algumas vezes quando se precisa ocupar a vida, que assim não se sente desde logo ameaçada. Sempre que estive em transe, como nesse, foram folhas que me livraram das desaparições. Os pensamentos limpos demais são pavorosos. Necessitam da natureza neutra e sóbria dos vegetais. Revestidos com eles, e sendo eles também, os sistemas complexos que explicam nossas dúvidas não permanecem tão estranhos em sua mecânica voraz. É um pacto. Todos nós deveríamos experimentar o orvalho contra as noites, as noites que se contorcem desde onde o negror monta os lobos. São palavras doces, nomes de plantas que quanto menos existem mais lembram e confortam. Chás de ervas que já são páginas, a salvínia, a violeta, o cítiso, o serpilho, o lírio, o ligustro, o narciso, a colocásia, o acanto, o malóbatro, a mirra, o funcho, as células de cogumelos, as sobrenaturais raízes de figueirilha com as quais se pode fumaçar a noite entre os seus derredores, calafetando nossos pensamentos que foragem, sem roupa, entanguidos.

Mas há momentos em que a própria natureza recua, desaparece. Deixa um ornato estranho, chaveado, ocupar paulatino as impressões. As básculas de escuro vão se reabrindo e os sons atordoantes das aves agudas chegam para seu turno. Eu as memorizei um dia, por isso elas não mais se afastam. Assim eu as aninhei. É um trabalho alheio que apenas faz giros e mais me enxerga e se aproxima e está em toda parte. O que não fora feito, e deveria ter sido, retorna. Têm uma última luz e ainda apostam. Dizem-me que devo ver, conhecer, espiar. Somem e deixam clarear um pouco. A luz não era intensa, mas de estudo, luz em quarto solitário, luz quase escondida dentro das coisas, luz mais vinda das coisas e mais dentro das coisas. Nela e em tudo havia uma resina que fora feita não apenas para obstruir e conter e deter o vazamento dos materiais vivos, mas para ser ultrapassada por inquietações, mesmo que a inquietação encurve e quebre, era preciso ir em frente e enfrentar só, sem cor. Dias, dias e dias. A luz, o quarto e ninguém. O branco no fundo do escuro, a cama desmembrada. Nada escrito na flecha, nada escrito no arco. Alvo e olho abandonados ao pé de alguma coisa que não nascera ainda. Ali é o local. A cabeça rolando como uma pedra nos ombros, levar esta pedra e esta cabeça de um monte a outro monte, do lugar ao não lugar, indo e vindo, sem nada, sem mover as coisas, apenas o rumo para lá e para cá. Até o estranhamento. Depois deslocado. Depois vertido. Depois emprestado. Enfim, vistoriado em partes, pequenas no início. Então colher uma nova luz já sem vísceras, prendê-la pela guelra, pingando ainda, suspensa num gancho e balançando seus lumes, para dentro de um poço e para fora dele, usando avental muito limpo e novamente varrendo, com as luminosas cerdas, aqueles restos de alfabeto depositados no canto de cada região, e suas palavras coaguladas, tudo o que fosse feito no decorrer do sol, que fosse recolhido. Valia usar as horas da sesta. Que fosse guardado. Era o migrar das essências numa dada ocasião. O embaralhamento dos signos que ocorre de tempos em tempos. Assim dava para atentar no que parecia, pois assim talvez seria quando voltassem a ter sentido. Eu deveria dar cobertura àquele trânsito, àquela muda breve e necessária, um escapulir de um sentido para o outro, com cuidado e dificuldade. Os conteúdos e as formas, poderiam se chamar assim as entranhas e os modelos, estavam mudando seus braceletes de identidade. Transfusão de um no outro em outros lembrava a cor se aproximando do fogo, a língua dele reconhecida na abstração indolor, o quente e o cheiro do quente, o queimado e o rubro posto na sombra, prisma e cardume entretecido, um velo de cena de mais ou menos um palmo por um palmo, apartada do conjunto entre carquejas. Os grandes carros que os transportaram permaneciam ao longo e aguardavam o momento de retornar com suas cargas. Os sinais da via estavam apagados. Ida e volta nulos. Os condutores foram afastados para não constranger os contendores nem o torneio em andamento, pois os nomes, os seres, os imos são bravos, mas tímidos. Como armas tinham polido os sentidos de si mesmos que rebrilhavam no olho do olho ou no espelho do espelho. Os nomes que no ataque ou na fuga extraviassem suas coisas seriam esquecidos. E assim com todos. E para cada nome esquecido seria esquecida a coisa. E assim com todas. Era uma prova de mútua perseverança. Ela ocorre de tempos em tempos no sul. As cruzes ao correr daquele local lembram palavras que morreram para sempre, e lembrança é uma palavra-socorro, e quando confusa na cruz para lembrar de um ente-palavra, ela é a metáfora, sua precisa sugestão não carece de lágrima: ela chegou tarde e está lembrando no símbolo. Nos braços de cada cruz havia um vocábulo: cheda, fueiro e chamarra, muchacho, canzil e picana. Uma palavra sem sentido arreda tudo dentro da gente, fica um claro vazio sem fundo, ficamos, por segundos, uma embalagem vagando, procurando a coisa certa, sua forma e seu sentido. A coisa foi dissolvida em seu tempo. Logo o pensamento hábil se fecha, necrosa a fresta da palavra baldia, apaga a falha tensa e puxa terra oculta para fundar novo sentir. Poderia se caminhar por muito tempo lendo nas cruzes. Algumas plantas no chão tinham flores e algumas cruzes folhas enlaçadas.

Fiquei uns dias assim. Pouco a pouco a porta por onde Gomercindo entrava foi se fechando em seu sentido de madeira. Os rebrilhos que antes coagulavam por ali no piso foram sendo levados ao se irem vedando as janelas. Difícil agora estava distinguir dentro de mim e fora, alguns passos, e mesmo algumas variações bem rentes, serenadas. O Pensário era um sombradouro, trechos para mergulho. Um circunvoluir de soçobros que ressurgem à tona, têm eles trânsito na feição, restos de liquens nos cílios, pequenas pedras na boca com alguma borbulha. Longe de qualquer centro, pés e mãos afastados demais, rodando, a camisa ainda com alguma cor comida pela água, os cabelos estrelados na flor turva, repousados, o olhar disso, virado e úmido, dentro do fim mirável, que o leito deixa correr levando os restos.

Eu procurava em mim uma lembrança de sombra para sobrepô-la àquela que estava dentro de cada direção. Mas em mim não havia tal sombra em que se pode mergulhar o braço todo e deixá-lo nela e tê-la em recordação. Isso estava fora de mim. Um atoleiro vazio. Tudo que nele cai é objeto de crispação, de muito ardor e muito trabalho executado na quietude, na calada quando se está no limpo, que depois de executar serena, pelo sufoco ultrapassado. Os olhos deixam de evoluir na treva, de prosseguir, e deixam finalmente de olhar. Não sabem mais nenhuma imagem. A cabeça quer, mas já não pode ter nenhuma referência, nem de interno, nem de externo, nem de extremo. Os instintos querem uma totalidade efêmera, nem que seja para poder retrançar uma rota, mesmo atávica, ou buscam recuperá-la retrilhando cada partícula. Não há inteiro sequer um pedaço. Voltam, eles também, vencidos pela dispersão, sorvidos e devolvidos. Devorados. Recolhem-se, confusos, nos longos filamentos nervosos, depois se enrodilham junto ao coração, que bate e aquece, sem esquecer seu mister.

Restava-me ouvir vozes, vozes que me antecederam ou sucederam. Algumas delas, no passado e no futuro, dos que procuraram a mesma coisa. Alguns que edificaram, com prumo e pedra, um sentimento. Vozes que se fundem sob a sombra e sob o frio, em meio a uma liquidação, entre aparas e ferrugem, num negócio abandonado, de miudezas e fragilidades, dedais e rastros de fios. Pressentia que as palavras estavam roucas e queimadas, enlaçadas num pequeno monte de sílabas, no lado mais sombrio do Pensário. Caminhei, assim, até lá. As vozes estavam incineradas num silabário que ainda fumegava, e suas paredes de bronze ainda estavam quentes. Toquei com o nó de um dedo o metal de som borco. Soprei, soprei, mas não adiantou, pois as brasas se exalaram. De denso negror era

106 o canto e de silêncio sua poeira. Cigalhos de vogais recamados num feitio trêmulo de cinza recente, de ditos que houve, que duraram, que foram úteis, ajudaram, e agora jaziam no ar sem hálito, numas partes do espaço aquele, onde os toquei pelo faro vaporoso. A dispersão das pequenas coisas. Caminhei margeando as janelas até uma das portas.

Havia um sistema de fechadura na porta principal do Pensário por onde sempre Gomercindo entrava. Era um retalho retangular que girava no interior, e no lado de fora ela tinha apenas uma empunhadura roliça, de árvore grená. Poderia ser uma aldrava, sem espaço para chaves. Eu poderia mover aquilo e sair. Mas o girar da pequena tranca interna, saindo e voltando para o seu consolo e trava, eu associei a um desenrolar de tampas sobre umas coisas, que fora gastando a madeira. Ficou, de muito uso, um semicírculo róseo no negro. Imaginei aquele som de retalho como sendo de uma roda na laje, sua chapa de ferro nos farelos da pedra em uma altura de um caminho, um rodar eterno de meia-volta, de um trilho seco onde o sapato arrasta quando se vai cansado. Finalmente eu estava assim fugindo de qualquer alegoria, da ossatura mesmo da ruína, do aspecto translúcido da estrutura de uma montagem panorâmica de um vulto e de um pavor adiado na cena, de uma história e de uma representação, e também de uma tentativa de apropriação da velocidade de uma máscara no auge de um derramamento de feições, no instante da ação de um ator em um ato, quando ele cobre com as mãos a maquiagem para não se revelar. E vira de costas. Virando de costas, dá no espelho. Semblantemas.

Dias e dias. Antes de terminar um sonho o dorso da mão de Gomercindo tocou minha testa.

– Desgelou e desquentou – disse ele. Normalizou.

Sentou na cama, próximo dos meus pés. Velou.

Logo as sombras e as luzes estavam correndo pelo piso. Fiquei alegre. Gomercindo disse:

– Desestiveste. Aforaste. Emagreceste ainda mais. Já podes dormir sobre pregos.

Saiu e voltou com comida. Pão de linho e coalhada.

– Agora – disse – é dormir para agarrar peso.

Deixou umas anotações sobre o travesseiro, e logo as li. Era um relato estranho, telegráfico e cerebral, sem unidade. Tudo parecia meu, mas não era. E sobre o meio da folha, em letras maiores, ele anotou:

> mesmo quando lançado em circunstâncias
> eternas
> do fundo de um naufrágio.

Procurei desligar de vez as vistas daquelas anotações. E desligar também meu pensamento. Levantei e andei tonto sobre aquelas lâminas que escorriam de três janelas abertas ao acaso. Não fui a nenhuma delas, como era minha intenção. Mas até um outro fundo, lá, além. Daquela porta ouvia o rumor dos algos de fora, das coisas do outro lado. Estava descalço e o piso era frio. Lembrei-me do sol. Esses jogos que se faz quando criança para chamar um sonho. Voltei para a cama. Cobri-me todo e respirei sob as cobertas. Fui me aquecendo. Eu tinha um sol novamente.

Fui sonhando o que dava. Rolos de imagens, situações, momentos, maravilhas. Deixei de me preocupar com os sonhos. Deixei de recordar. Tentei ficar mais presente. Logo estava de posse de uma única culpa, que andara foragida. Fiquei com ela até gastá-la. Depois havia aquela sensação de coisa não feita, faltando. De desperdício, de inconclusão, uma inquietação quase alheia, que se aloja e gira. Já me compreendia um ser para nada, atochado, de qualquer margem, desta ou daquela, afundando. Tive fanatismo, conforme propôs Sábato, mas acabei derrubado, gana a gana. Não lembro como foi, lembro que foi. Cadernos de anotações: só para outros, uns instantes de outros, que os revisam e somem ou recopiam e vão. Instantes larápios, uns homens morosos escrevendo clandestinamente apontamentos numa sagração ociosa e convencida. E no entanto anoto, lerdo, inapto, calculando minha chegada depois. A chegada ainda não é um termo, mas um terminal, um terminar-se em transbordos, um agrupamento de partidas. Um reexame apressado, um número, uma esquina. Cada um numa esquina. Depois num entroncamento. Gritamos, depois, do fundo do cisne de Baudelaire naquela poça seca da rua, na migalha, uns salmos avessos, que imaginamos para trás, para alguém, para a frente em outros. Somos água e palavras, palavras que irão partir. A palavra limpa pelo vício, por um liturgimento. A palavra é a nossa única saída, água de quase tudo, do cisne ao álibi. O velho Sócrates ouvindo o oráculo dizer o que ele disse para se convencer secretamente de que havia um acordo entre o verbo e a sina, o vento e a rosa, a deusa e o uso, o estro e a ética. Nada sei e sei, convence-te a ti mesmo. Oratório. A salvação pela palavra escrita na palma da mão no lugar da pedra quando se está recuando, acuado, em estado puro de transe, o verso armado, a confidência entre as linhas do destino, que o suor apaga e a empunhadura alisa. O exercício, a execução, a épica e a túnica do vocábulo, sua flâmula, sua lâmina, o pó na lâmpada, fuligem, flanela, polimento, palhas sobre folhas.

Em cada indivíduo nasce um tempo como cabelos, e uma tradição e uma ruptura. Ele nem bem está e já foi. O que é o que foi? Nunca e será. O tempo mora na memória quando quer, ele é ela. Não é o tempo que corre. São os ditos que correm, se socorrem no tempo, e nele desaparecem, nos levando. Quanto mais curvo o tempo, mais vivo, bastado. Quando se enterra um homem se enterra o tempo daquele homem num símbolo, o que é tempo naquele homem no símbolo é levado. Quando lembramos o pai é porque já lembramos o nosso fim, é tarde para nós, não sabemos mais esquecer. O fim está voltando. E vem recolhendo. Quando estamos, então, íntimos do futuro, mais passado estamos, de corpo e cabeça passados, nossas mãos beijadas, finalmente faltando tudo, entregues a um memorial. No meu começo, o meu fim. No meu fim, meu começo. Não é um mistério, é um segredo. Assim, pensativos, umedecemos a água. Fazemos o fogo, aquecemos nossas mãos.

Durante esse sonho algo me dizia que o não visto é mais palpável. Que depois já é hoje. Conjunção de nuvens e espelhos. Nascemos de dois alheios que se aceitaram por intuir o tempo um no outro, e assim fazemos nascer e vamos assim, rodeados de outros e dos seus tempos, impenetráveis, doando algumas coisas que de nós cairiam se nos tardássemos: o meu olhar visto de longe pelo meu olhar. Olhar para trás na despedida é incluir um tempo em outro. A saudade que desce na lágrima no espaço de uma vidraça no tempo de uma viagem é mesmo pensamento. Pensamento ligado ao tempo, mas não é tempo. Durar sequer é tempo, mas pode ser amor. Tempo mesmo é esquecimento, a duração do esquecimento não é tempo, lembrança não é tempo, recordação não é memória. No meu fim o meu começo. Mesmo havendo um consolo, consolo não é tempo, mas não é perda dele. Se estamos mesmo concêntricos, sugados para um centro onde é já quase só tempo, engolidos pela espiral avessa, e não podemos mais nos agarrar em nada, nem parar, nem gritar, nem morder, nem morrer, e algo nos socorre nessa vertigem e vai, nos abandona, resta sim o tempo fisionômico desnudo, desgrenhado, vulcânico. Mas a marca do tempo em nós não é tempo. É aridez e instante. E isso não se narra. Todos se afastam e fecham as janelas, desceram pesadas cortinas sobre a cena de um rosto pelos anos trabalhado. Ouvi um mendigo dizer para outro: isso é vender laranja para o ferro-velho. Isso é doação, textualidade de um para o outro, viva, necessária. Texto talvez seja tempo de alguém. Se for, é tempo vindo de um outro tempo. Um choque de tempo: laranja e ferro. De mão em mão eles, os mendigos, avançaram essa frase no escurecer da rua. Num silogismo enxuto, sem lei, sintáticos nascem um tempo, que é deles. Eles modificam uma abstração e a esquentam ou resfriam. Enterram, às vezes, essas cartilagens vocálicas no fundo da morada, no logradouro fixo, como cachorros fazem com ossos. Luz de uma oração dita durante a noite, a céu aberto, revisando o dia que não volta. Ali pude ouvir vocábulos que choram e mamam e saem. Vão no vento e contra ele. Vão no pó. Unem-se nos baldios recurvos, não recuam mais. Palavras-porfias, renhidas, que ajustam suas garras na privação primal. Bebem em frascos de plástico uma mistura azul, e despistam, e negam, e procriam. Revendem impressões. O que fora um conceito é agora uma lorota, vazada pela ironia, tonta, inconsciente mas latente. Sem agasalhos, os nomes e os homens se protegem. É um tempo de polinização das palavras no vento dos loucos, da terra para o estigma, no olho do mundo o cisco recriado. O insulto, a praga e o poema. A ampulheta gira rápido, é a palíndrome do tempo, o tempo está no começo e no fim, rebatendo, jogando os homens, grifando apenas umas coisas, a nossa época. Ardil desnudo.

Dentro e fora de mim eu levo, espólio corporificado. Eu levo tudo o que posso, e o que não posso piso e cuspo. Dentro e fora de mim, eu levo. Nesta noite, olhando as sombras no teto jamais de todo visto, eu memorizo e eu recordo o presente. Eu vejo uma pilha de folhas numa mesa distante e vou virando páginas, eu lembro. Eu não posso encurtar o caminho, que é longo, nem colocar folhas de feto nas setas dos caçadores, que comem. Eu passo pelo mesmo rio. Eu encolho. Mas eu não passo pela mesma margem, eu minto. Eu mudo, eu não estou completo. Eu escamo, rebrilho, fico no fundo. Eu leio agora a página cento e trinta e cinco escrita por um homem que talvez ainda esteja vivo, e que pensara a partir de uma luz incidente em sua mesa num continente gelado, entre muros de neve e ramos secos, que a memória humana é uma das formas de superação do perecível e do momentâneo, e não apenas a capacidade de depositar e recordar, isto é, de tornar presente – trazendo-os do depósito onde é guardado o subconsciente e o que é semiesquecido – ideias, impressões e sentimentos; ela é também uma determinada estrutura ativa e organizada da consciência humana, conhecimento. Pesadelos. Acréscimos. Rastilhos. É uma capacidade e uma estrutura histórica, porque é baseada não apenas no âmbito e no conteúdo do conhecimento que se modifica historicamente, mas também na faculdade racional-sensível do homem, que se desenvolve historicamente. Nisso lembrei-me de que não deveria jamais usar esse autor no Pensário, pois a razão faz tudo parecer miniaturas ensolaradas.

Precisei de uma lista de palavras-enredos que me colocassem novamente a imaginar: coaxar, galochas, grinaldas. Pinguelas, cauda de cachorro, bruxarias, gato miando, pulga, sabonete. Pacotinhos, saquetes girando na xícara. Conforto, confiança, confraria. Cadê o diabo, o medonheza, o caborteiro, o corcoveante, o que esparrama e mija em cima? Estabana e crava as unhas? Gala e come a gema? Grela, pisca, se revira, borra tudo? Manoteia e escarva, dobra o lombo e amiúda?

Numa pegada só, numa verga, numa trilha solteira, afunilando cada vez mais o mundo envolvido no mundo incrustrado, se aperta, e no amplo onde penetra se dissolve. Um mundo Eliot, hortado, pronto para verter areia das covas. Linguetas de raios semeados escapando das vergas para o alto, vegetais uma vez fulgurantes detonados na perfilha, para sempre em flúor. Insetos de ferro, fagulhadas, sumiços, cesuras, crochês misturados às faíscas, agulhadas, pontos de linha, a mão narcisa vai fazendo a colcha toda em toda noite, desenhando, rendilhando, debruando de chispas azuladas, grutescas, o circunjacente ampliado até o sem lume. Flux inflexo para o centro agora, encolhido e martelado, até um antro clarificado, cozendo ali uma goma fumegante. Raio de mão única, disseminante, adestrado em uma das partes. Coxo, maleva, triplo, em outra. Não há diabos gregos de mármore. Diabos em naus, remando. Nem olímpicos, espadaúdos, no Louvre. Mas diabos populares, úteis, salvos do fogo, sentados quietos aguardando seu momento para expor suas gestas na vinosa poeira do oitão. Aqui é o sul.

Sentei na escrivaninha e abri sobre ela a caderneta. O lume da vela movia o fogo. A cera quente descia pela cera cilíndrica, resfriando até a madeira. A sombra da caneta no tampo à esquerda e o perfil negro da pena entre as linhas da folha. No alto da vela o fogo estava parado, marcando um bojo, um cosmo, um aro grande, envoltura. Quilha do lume, leme dele, proa oval, apoitado e sem balanço. Soprei o lume e as nervuras reencaixaram outras formas no extremo da luz adentrada no vazio. Debrum, breu, borda indelével. Nuvem penetrando um pouco a lua recente. Ouvir e olhar. Sem arrancar a folha amassei bem o papel, depois alisei com a quina da mão. Não risquei, registrei um desenho. Ouvi. Olhei. Lá fora, o sereno da noite imaginada iluminou a folha verde expulsa da semente. O sereno dando de beber a uma vida granulada, agarrado e embolsado ao longo dos caules. A folha, a folha se tornará amarela, e depois pálida e palha e sem depois. O chão, que é ele, é todos os depois, nosso e da planta. Nós o alimentamos, nós e os nossos depois. O grão, que é rápido, tem depois. Depois é outros grãos. Multiplica seu começo e multiplica seu fim: perfilha já no chão seu infinito, já na espiga sua eternidade. O grão usa sabiamente o chão: a terra é seu passatempo, o caule um esboço para um texto que amadurece. Ouvi um agricultor uma vez observar: cada cabelo da espiga é um grão na espiga. Anotei: o cabelo na ponta da palha é a palavra do grão, seu anúncio, talvez a revelação pelo fio. Sua cor clara vai ser pintada e seu futuro depois de amarelo será verde novamente. Cenas de aceno da haste do pé fértil afundado em um e em vários germes, suas mãos no fundo e seus cabelos no alto, roupão de palha que ainda não é mas será áspera, imóvel, quebrada. Referir-se ao milho. Lembrei de uma semente estarrecida. Ela estorroou, rompeu a mão da terra, sua casa, e depois levou parte do braço da terra para fora e consigo. Ficou no seu caule uma parte da memória da terra. Arrasada é a terra de Eliot, migrada e humanizada. O tempo da nossa terra é outro. Se achamos que nossa terra é um abismo, abismo é a terra. Se pensamos na terra rasa, rasa então é a terra. Móvel é a terra, mas não a vemos mover. Pois óbvia é a terra, a nossa terra, que pisamos. A terra que a terra tem dentro dela é o nosso chão sobre ela, é o pago, nosso torrão, a casa e mão firme da terra. É uma pequena lasca entre as lascas, e somos dessa entre as outras. É desse ponto que nos lançamos no nosso caos de terra, só daqui podemos pular para os vazios da terra. É tendo ela que podemos saber quantos palmos nos restam, de horizonte ou de vertigem, o mérito mediado. Vamos esboroando isso pela vida afora, pois ela não é mais terra, mas a ideia de terra, onde nasceram uma menina e um menino, mais um natal. Nela está a ideia de água, a ideia de varanda, aquelas coisas do fogo, aquilo que bebemos nas nossas mães quando jovens. Aquilo que está pendurado nos pregos lustrosos: calças, cinturões, sutiãs, as cores, a cor dos olhos, a cova na face. Nossos pés sobre a palha, o suor que desce pela espinha e pica de sal a vagem com cílios, o sexo da mãe, o vermelho e a valsa, o viés da luz que vem do verão. Sempre estamos no meio da terra, mesmo quando a despistamos, apagamos seus vestígios. Quando nada mais pode ser inteiramente explicado, quando os vencilhos se partiram e para sempre, sopramos o lume da vela para que ela reconte: lá fora, na noite imaginada, o sereno...

Nesta minha noite lá fora estavam os cachorros e muito ao longe o debrum do acoo fisgado no silêncio. Eram muitos e permanentes os cães, conheciam a noite e seu catálogo. Várias vezes, dentro do Pensário, consegui

116 diminuir a distância que me separa deles e abstrair a imagem silhuetada dos cães avançando contra uma meta, e ficar somente com a sensação parada do uivo de um deles, o som de escuro lançado, refletido, de vazio em vazio, no que há por dentro de uma ascensão, revertida praticamente em dentadura, língua e céu, voz aguda, condolente, deserta, disparo de dor contra um alvo sem centro, no objeto todo longe dos olhos, perto do faro. Ouvi os fragmentos da matilha assoprarem esses cornos alucinados em certas madrugadas das semanas. E as léguas vizindárias engolirem um por um cada rogar. São os uivos dos cães que se alimentam de fel na matança, ou cães que perderam as mães quando ainda eram pequeninos e não haviam perdido a memória das tetas e que guardam, assim, em suas cabeças tristes, uma família rudimentar e doce. Cães que têm saudade, e depois um certo estranhamento e deslocamento que não são de todo compreendidos, pois essa forma de padecer se dá longe do olhar e longe do saber. Chamam as mães tetudas desesperadamente e sofrem uma ausência incomum certas horas. Um faro oral que foca um canto da nuvem e contra ela grita tantas vezes que parece ter dado uma única lágrima em troca de toda a espera. Noite de desmame. Se afastam para uivar e vão para tão longe que são confundidos e mortos por outros lindeiros, que não facilitam a laia tenebrosa desses cães de ausência. Quando retornam vivos, sente-se que foram comidos pelo abundante trabalho com as talhadeiras melancólicas, que usaram sangue e carne próprios para transtornar a noite emparelhada pelos seus gemidos. Descem, nos restos de sombra,

as pálpebras para o sono. Dormem sob a árvore central do grande pátio. Vão relaxando as patas trêmulas, e ainda soluçam quando cobertos pelo dia. Uma noite que foi toda ela uivada, por dentro e por fora, deixa um dia cinza segui-la, com um vento e umas folhas pelo chão. Esse dia se falha. Ele está encolhido, retrechado. Puxado, chamado de volta de um outro tempo. Encruzilhado pelo vento e pelo cinza, fala pelas folhas. Ele deixa que as escadarias de madeira figurem e degradem os passos no alto delas, no meio delas quando há alguém, preso no vento e no cinza, cicatrizado entre os degraus. Perscrutado, esse dia se torna maior que os outros. Pequenas luzes permanecem acesas contra o cinzento ornato que fica na prata dos talheres, no entalhe dos espelhos, no couro dos mochinhos. É dever da luz esmagar o cinza inteiro por tudo. E ela vai contra ele e perde. Tremula no alto da cera, desce e fica fria e cega como as velhas das rocas de julho, nuas na porta infinita, os olhos cansados de circuitar, esvaziados. Outra luz é posta sobre a luz que foi. Ardência e cinza, cremar, zelo e rapa de resíduos, os guarda-ventos de toda casa cantilenam penetrantes. Estamos cercados. O telhado regela, o gato some, o vime está vítreo, o trigo está áspero. O sul, no redil do inverno, está preparando nosso silêncio. Sobra, assim, a noite da noite, durável. Telada. Estanha.

Antes, num pedaço da tarde, os curandeiros se aproximam com um balim para um jogo de esferas no pó do atalho. Jogo que ninguém sabe. As unhas sujas de terra. Tiram tampos dos calos das mãos com as facas. Sentem seus tatos novamente. Brilham seus olhos. A eles se juntam os homens que se aporrearam e se insinuam na borda dos caponetes, com sede de jogatina, foragindo das lidas de castração e do sangue nos tiradores. A festa é crua, rápida, e escapa logo o claro cinzento do dia se indo. Usam as roupas de ofício, ponchos pretos e bicharás listrados e capotes marrons que arrastam nas agachadas e chapéus que quebram as abas para o olhar passar ao alvo. Badanas sobre as banquetas na margem daquelas retas canchas de entreter. A luz que resta é ocre e cinza, tardezinha, cor de tabaco e lâmina. Cavalos e esferas, vindos do largo e do longo, dos cafundós desconfiados, se entrelaçam. A lonca corre nos calos, os baguais de rédea e bocal, rendilhas, patuás, ruídos, meia-lua de potros nos trilhos e a parte de trás do tempo na ponta do lenço jogado além da camisa. Vultos velozes, encarvoados numa linha que atinge um fundo verde encopado, mato onde desaparecem, clivados, levando a cena nos bolsos. Fim sem fim, ciclação. Raramente os curandeiros apostam. Suas cédulas assombram, suas leis de ralo verbo enxáguam. Mas vendem ervas. Ajuízam, fixam esferoides movimentos em pegadas planas: o princípio não permite mais desenleios. A lei está saturada. Não se sabe se os cavalos é que estão rolando ou se a esfera desliza a ruga da pista. Cantarolam. Não há coima. É um jogo de encantamento, jogo para perdedores. Desilusão e identificação, pata e esfera. Metal e cartilagem. Mas esse entardecer os une, o sul chama, pua, necessitam assim de um acordo, de uma troca de venialidades e de estampas que cada fazer resguarda. Alicanto e arena. Vêm para o negaceio e para negar. Acabam cúmplices. Flâmulas. É uma educação recíproca, uma sociabilidade, um tráfico de transtornos. Medem-se. Rápidos nos recantos, tocam os brios dos parelheiros. Mal tocam a espora. Ressurgem. *Cancha, povo!... que o bagual é novo!* Topo de porvir. Pedaços de horda. Clãs. Patacoeiros. Riscos no cinza. Volumam o horizonte. Secas nuvens. Uns raios reviram pelo alto. Carrascas no céu. As capas e as biqueiras, vem um brilho cabresteando e logo outro, gosto de grápia e cheiro de seda. Coisas sob os pelegos. Coscós girando na língua. Som machetado, possuído, arrogante, chave de aramar nos tentos, roupas de brim, tudo bate. Cerimônia. A terra vai nuando nesse assomo. Têm uma meta: saber distinguir a destreza e o gênio, descerrar, alcançar, superar. A natureza e o espírito, o instantâneo e o transmitido. As mãos perpassam os fundos, buscam signos convincentes em velhas patacas. Atiram uns galos, lançam um osso, mas é só um atiço, sem valer. É imprescindível contrastar a precisão e o destino, portanto a esfera e a ferradura, caminhos se guardando, a falta de regra e o código: patifarias. Miras. Logo a regra preside. Há dúvidas. Aquilo que rola tem mais novidades que uma fita de chegada. Conter na mão, para um lance, uma esfera vivida, um acúmulo discoide, a esfera tem mais espelhamentos que um pedaço de cancha em polvadeira. Tem-se uma ligação, finalmente. Talvez esse entardecer, quase noite, um sortilégio, quase uma perda, na esfera todos estão. Raia espectral, entremeio, rede de triângulos, curingas, tropismo, desforra. Basta chamar. Criar um truque. Configurar um acaso e querer arriscar. Os dizeres são acréscimos, per omnia, encalços, tentativa de reatares, argúcias, índices conflagrados, coisas que cada um sabe no salteado de si mesmo.

Faziam isso para avivar o mundo, ouvi-lo. Instantes que se expelem e já se blindam. Derramavam um pouco pelo chão sobras de arcanos, caixetas vertidas com algarismos, arabescos afiados, propriamente o vulto de um pensar que se pode deixar à mostra, o segredar mesmo espatifado, aduaneiro, limpo nos pedaços, trocando impressões às pressas. A cancha ao léu vai receber na polvadeira e nacos de leiva seu batismo. Só os ginetes correm. Harmonia e rudeza nas mãos grossas e dedos que cerram o manojo de tentos e retocam, atiçam e balançam as cabeçadas com as cabeças dentro. Os pulsos num vergão para que vejam. Arregaçam as roupas. A bombacha até os joelhos e sem baque se enforquilham nos dorsos. Detona uma arma. As esporas recurvas se aninham anãs no nervo. A crina irradia e a íris seca no salto irrompido. O tremendal das patas cava o plano abismo recém-demarcado. Tufos de pelo maçarocam no levite do pó com pingos de ferimentos das virilhas rosetadas. O rim dos potros sublinha a boieira sob a nuvem, e a cara afunda o espaço que se espatifa e torna a se espatifar desde a largada. Fuça e cogote em crista silenciosos penetram o vazio em estirões que enchem e desocupam, e o ângulo das caras adentra o nada e o ultrapassa e o reencontra varando com os músculos acesos no suor. Lenço de ar lobuno e zaino. *Kiau!-kiau!* dos puavas cinge voz e pata na semblanteria varrenta dos parelheiros no trilho até o fim, ilegível. Ali pingam os potros um suor de ar, o quanto tocam o pasto com os cascos das mãos rebrilhando. Mal se vê acenarem os chapéus lá do fundão da última raia. E do fundo dos clãs o grito aqui rebomba nos caponetes e volta às frondes e se anula no verde e no cinza. De lá eles retornam, potro e homem, embolados para largar de novo, e não há tempo para jardeios. E finda esse festejo sem anúncio. Vieram porque o sul chamou. Para se estranharem um pouco. E ao irem-se, tudo isso deve ser recolhido, amontoado nos lombos e ombros do retorno. E deve ser medido, pesado... e esquecido. E deve ser porque deve ser. E é assim desde onde se sabe.

Os quero-queros, na boquinha da noite, em pé sobre estalos, resquícios de águia no pio puído pelo empurrão do vento em seu gerúndio, acalcados contra o pasto, correndo nas rasuras da campina, junto às próprias sombras, despistando dos estranhos a mãe dos seus filhos sobre os ovinhos no canto escuro da sesmaria. Tudo observam, cantando longe do que é e há, ladinos. Iguais a nós, cheios de rito, filhos da flecha e da pedra. Gravuras efêmeras, cliques, pés de trevo, passadas, vergões. O eixo de fim de torneio, a comitiva, o tornar dos cascos pela trilha em branco, os perdedores ao fundo, tossindo, lastimados, embrenhados em si. Os vencedores, pacholas, querendo o ai-uim da gaita que ressona, se dia ainda, na ressolana. Mas é noite. Cabe abri-la a la bruta, seu miolo lunarejo, sua mancha peregrina. Por isso ninguém vence. Por isso Mallarmé. O brinde enlutado. Resta pela frente tudo de novo, com os detrás. Semear a palavra na folha sem linha. O presente, no sul, é um pouco depois de passada a derradeira culatra. O tirintintim das esporas, o pega-pega nos flecos dos tiradores, os chapéus mais enterrados ainda. E um último uiú-húhú, grito gaudério e

122 de cisma, quando já estão se sumindo nos panos do poente, vira a página da paisagem. Até que a chuva os pegue no repecho. Araganos.

Dentro do Pensário, apenas a luz de uma janela quase aberta, em um dos fundos, coava a lua nascente. Mas aquela luz fervilhava, como se estivesse na banha, lançando fagulhas que rolavam um pouco e se apagavam, umas coisas efervescentes lembrando cabelo pegando fogo, fogo anilado, a cabeça em debate, em giros de meio círculo, desprendendo anéis anis e coisas de cabeça de caim caiguá, metilena. Queima de queimados, parecia, chispa pegando na chispa e um lanço de lume picando num fio oval, o pé de alguém caminhando num dardo, aqueles artifícios do flash no flash até o branco, os olhos assim prontos para serem inaugurados pela cor e pelo fato: o zinco rasgado pelo ouvido, o azul raspado pelo fio do vidro, a unha recolhida ao calor do dente, os lábios tocando o mineral do vulto recolhido. Depois o olho no lancil de uma janela, apenas nele, sem ideia de espaço exterior. Poderiam moldar com as mãos um cado e enchê-lo de líquido luminoso e ver através das paredes luzidias, mansas como o barro, e ir depositando pavios acesos numa moldura, da maneira como muitos constroem barcos no fundo das garrafas ou dos que aprisionam vaga-lumes em frascos. Para que serve a luz, então? Para nos dar tempo, para falsificar o dia, para nos tornar deuses ocupados. Eu poderia ir além, desenhar na luz. Imitar um ou vários vitrais necessitando apenas alguns movimentos nas tábuas das janelas para que as formas se apurassem. Mas preferi narrar num papel o que fora e não fora feito. Gomercindo pediu-me para escrever, para escrever no Pensário, e escrever sobre o sul. "A luz aqui", ele disse, "é o sarandeio dos círios da lua quente e do sol fuçando na telha-vã. Só uma alumiação. Um nascimento imaginário de uma imagem. Uma mecha luminosa que se controla desde a caligrafia. Deste ângulo, decorrido um tempo, e se estando concentrado, nada perturba." Caberia a mim, então, elaborar um atalho que una os vários tempos ao tempo, e o tempo ao tempo do tempo. Tudo que até agora Gomercindo havia feito, segundo ele, fora somar e relacionar, mas não de maneira a tornar um no outro, transfundido. Havia feito um texto estanque. Disse que alguma coisa ficava de fora, que despertencia, que é grande, maior que todas as partes mensuráveis, e que até mesmo da imaginação ela desdenha. Para que a obra fique isenta de autor e leitor ela precisaria ter a beleza da flor fora da pétala, pois a pétala data a flor, o jardim circunscreve a rosa e a chuva leva seu perfume. Entendi que era uma forma de pensar o Pensário, de materializar o tempo de um autor para ele muito caro. Talvez Aureliano de Figueiredo Pinto ou Apparício Silva Rillo, se lidos por alguém que pode praticar na espectria da palavra e respeitar um viver sem metáforas, um viver assim só de imagens, precário como a pétala mesmo, o jardim e a chuva. Ele os queria salvar do rigor dos anos e para isso era necessário destruí-los, torná-los esquecidos para que seus versos pudessem entrar no fluxo das trocas de impressões e sínteses e em alguns fragmentos de epístola de uma aldeia futura. A oração iluminando sujeito girando num presságio, onde ora se é uma vez e ora se é uma maneira. Se os dois poetas fossem irrigados por raios oblíquos em um tempo onde a experiência de um estivesse na do outro, de tal modo a se manterem um e dois não interessando a ordem, só interessando o sentido no sentir. Eles poderiam avançar, com suas criações, até um futuro, pois todo o verso é vampiro e nevoento, se for de pétala em pelo de pedra. Talvez uma folha e a outra de janelas distantes, distintas, numa amasia, corpo de um único seio, segredadas e contidas em um marco significativo. O sangue de um degolado vertendo no saco de farinha sobre uma balsa na noite de contrabando, uma criança, uma chupeta perdida, o vento norte num negro chapéu. Poderiam exercitar-se mentalmente durante lustros, o que um carrega e o outro, sendo possível confundir-se num instante de transbordo para que a viagem fosse ainda mais longa, uma aventura pela pista que esvai continuamente no piso e na ideia, entre recordar e esquecer nas zonas onde nada habita, no centro do que nada há, exceto aquele genuíno instante protegido pelo tempo que lê da direita para a esquerda. A forma de poder da arte, para Gomercindo, estava em seu cesarismo, na sua capacidade de saltar sobre o autor e o leitor e se instalar diretamente no vazio e ali, solitária, iniciar algumas coisas. Ela e seus arcos sensíveis anelavam indivíduos por fora e por sobre a história transeunte, e os tornavam desde aí cônscios de um mister irrevogável. Por isso estão além e sobre os césares, os czares, os cáiseres. E também sobre e fora de todos que a apreciam. E, por cesarismo, num arco sobre críticas e academias, até chegar às outras obras e iniciar mais uma troca de signos. Um livro é capaz de qualquer barbárie para durar e chegar a outro, no passado e no futuro. Os livros não precisam de amigos, de protetores, Gomercindo disse. E, o que está escrito, a história da cultura é a história da barbárie. Se algo sobrevive é apesar e contra todos. O livro vem à luz com a águia dentro do próprio fígado. Flaubert pensou: "Poucas pessoas hão de adivinhar quão triste é preciso ter estado para ressuscitar Cartago".

Alguns terão vontade de abrir todos os livros num só tempo e estarão aqui no Pensário para isso, copiar todos os começos na palma das nossas mãos de esquecimento, as nossas mãos de nenhum. Bater as palmas para que as frases se confundam, a tinta de uma mão em outra, em cinquenta línguas e cinquenta luas, sobre tablados e sob buzinas de aguaí que cantam na voz da solidão, descendo e subindo, as cambotas cinturadas pelas chapas de ferro sublinhando, traçando um mapa fulgente, contornos, idas, retornos, é a narrativa pesada que vai nos carros lerdos, puro símbolo e completitude, carrancas amaldiçoadas, aspectos tangidos, vento e verde e vazio: pampeiro, latido, mirante. Havia rãs aqui saltando na ideia oca do poço. Estava frio, senti. Cinco são os temas, quantas serão as formas? A vida que estava e o frio que estava. Puxei uma das mantas até o peito. A cabeça tracionava no travesseiro e a nuca eu a tinha um pouco dolorida.

Nós iríamos viajar em breve. Eu gostaria de me vestir de uma outra maneira, como gostaria de ter escrito mais durante este tempo todo. Mas o meu tempo eu só o sei quando é tarde demais. Poderia ter dito que a vida é um cânhamo pesado que se usa fora da estação, mas alguma coisa me dizia que os astros, lá fora, entre grilos, escorriam na sensação de campo, verde por baixo, verde por cima, ligados pela lua, pelos grilos, pelos cachorros que esperam surpreender algum dia um ganso envelhecido, no centro do muro de quero-queros, na beirada de um açude. Cabaz fundo, de lâmpada e de pupila, alarme que ronda a água, que ronda a ilha, que ronda o salso que está dormindo sua humildade no velo da neblina.

Longe, levitando o pensar, empinando-o, entregando-o ao azul necessário onde poderia dormir ou misturar-se a algo que o deixasse satisfeito por um pouco e abandonasse esse algo tão lucilante como têm sido esses meus últimos dias, quando ouvi com precisão o girar da tranca e os passos de Gomercindo. Escutei as chaves caírem sobre o tampo da escrivaninha e o som de um outro objeto, com barulho único mas não lembrável, e me pareceu um livro jogado fechado e com a borda dando na madeira. Estaria irritado? Depois as pernas do banco cedendo e recolhendo um ser sobre si, e um pigarro brevíssimo, talvez nervoso. Fiquei com os olhos cerrados, mas o azul onde estive sumiu. O velho ganso, a névoa, a pequena ilha foram embora.

– A função, disse ele, a função... – e silenciou. Depois lançou uma risada de presságio, ondulada e fina, fixa no ar. Girou a chave e todo o molho em uma das fechaduras de gavetas. Logo arredou o banco e caminhou para uma das laterais do Pensário. A luminosidade interior foi crescendo, a lua quarto crescia, as zonas escurecidas iam se recolhendo um pouco mais para o mais fundo, eu imaginava. Nenhuma janela fora aberta de todo, e depois vi que mais de trinta delas tinham uma de suas folhas de modo a aparar o luar e redistribuir sua pouca luz em recortes de formatos idênticos. Se fosse um monocórdio, o Pensário era uma tablatura. A porta do fundo leste abriu-se em pequena fenda que não alcançava diretamente qualquer outro foco, mas deixava passar um tremeluzir amarelado como se alguém segurasse um grande lampião sobre ela, lá fora.

Procurei Gomercindo entre aquelas formas trilheiras, mas ele estava junto da escrivaninha e estava com um ar dissolvido, e uma de suas faces me pareceu um pequeno dique banhado pelas luminosas lanternas, quase matemáticas, que o vento quando forte poderia calcular com elas uma noite inteira se a luz somasse e progredisse fora do homem, das janelas, do sentido. Depois ele virou-se para mim e falou:

– Alguém adivinhou que a função do poeta é despertar o futuro. É um mexicano e está hoje entre nós, aqui. Posso vê-lo avivar as pegadas do tempo como vi no porto o sopro nas velas lançando a nau no vinho do mar. O soque da luz nos panos no alto do mastro sem gávea. Homens da estirpe de Mallarmé estavam enredados na espuma e recolhiam-se entre estalos de ondas. Homens lançados no tempo em que não pode haver homem, porque o tempo e o homem se excluem, a carne e o osso e o símbolo estão buscando a resposta no futuro e no passado onde não há homem mais, mas lembranças e esperanças entre carvão, cibalho e ciber. No teu avesso, o teu começo. No teu fim, a lâmpada seca, de costas, sem pálpebras. No vagar dos retalhos, a luz tecida no piso, montar e remontar uma história. Onde estamos, estamos exilados, nosso medo indizível, na tua posse a tua perda, a perda como valor. A chave de perguntas *de onde viemos o que somos para onde vamos* é uma delicada mentira. A pergunta é *para que serve?* A quem servimos, para que servimos. Não há retorno, nascemos começados, depois apenas comensuramos entre coisas que se movem, que nos parecem regredir ou exalar e redundar, vamos amontoando nossas semelhanças sob dizeres. Tempo disso e tempo daquilo. Nascemos pela ausência, fomos e somos negados, e estamos nos retirando todo o dia um pouco para fora disso. Não conseguimos dar o fora. O mar não nos quer. Vamos nos colocando no lugar das coisas, aguardando que não nos esqueçam, ficamos trabalhando nelas nossos melhores e piores dias. Alguém nos começou e não conseguiu nos acabar. Deixou um início dificílimo pelo meio. Stefânio Mallarmé e José Hernández. Que cilada. Me apareces com Eliot e Aureliano de Figueiredo Pinto. O ardil se completa. Dados barbudos e gregos na estância. Gostamos de relatar nossa simpatia por esses seres e cada um faz como pode e entende como deve. A sombra é a casa da luz. Sentado à tua frente está o teu começo e o teu fim. Eu não estou e nem sou. Eu mudei. Algo nos une vagamente e não é Eliot. Eliot não fez o que eu fiz, eu mudei, eu me apaguei. Estou me fazendo deste e daquele, do olhar e do olhado, ainda posso me fazer passar por uma pessoa. Eu não fiz o que Eliot fez, eu não tenho um texto e não arco sob esse peso. Eu despistei minha memória, eu me enfeiticei. Eu olho no meu passado apenas para aquilo que ainda se move. Eu estendo a mão e cego, estendo a mão e mobilio, estendo a mão e anulo, estendo a mão e assomo, estendo a mão e esqueço, estendo a mão e engendro. Sou do ardil, da astúcia, do lírio, da arruda, da lã e da lira. Conjugo e encarno e fundo. Patriarca e primogênito, fogo, cinza, ânsia e surto, senda, seguimento, vergonha. Agora vou te mostrar uma coisa, quero que a descrevas olhando e ouvindo. Não olha para a folha em branco. Olha para o teu olhar.

Ouvi uns barulhos como de aro de barril pelos fundos do Pensário, parecendo girar nas janelas. Era um pulsar já de baquetas contra uma pele retesada na boca de um tronco oco e grande, uma coisa que ia atulhando o vazio por dentro daquilo com pedaços de garrão e punhos comprimidos, socados ainda mais, de tal urgência como a de um cavalo dentro de um saco atado pela boca, já meio puxado de arrasto, com duas patas para fora do pano podre. Alguém tirava som de bombo lá pelos cantos, é óbvio. Som poderoso pela sombra toda. Olhei rápido e as janelas estavam todas fechadas, a pequena fresta da porta leste sumira. Uma vela brilhava sobre a escrivaninha onde vi um livro e não vi o molho de chaves. Havia uma sensação de passos de sapatos brilhantes e de roçar de unhas no vento quando o barulho dos punhos parou. Pude ver um cenho no centro de uma rosa focada desde a terra e trabalhada pela gota e pelo vento entre a luta da luz e da noite, que dava a ela um tom de mais rosa de veludo musgo e fosco no canto da boca daquela face rodeada de rosa e raiz. Depois ouvi que batiam em todas as janelas, mas não sabia quem, e cheguei a sentir um tremor, um tremor do Pensário. Telhas se beliscavam pelo alto e vinha o pó da argamassa de um derrube se fazendo, um pó caindo, um vento caindo e um chão caindo. Vai escangalhar tudo. Mais uma vez eu não vou conseguir ver algo inteiro, como aquele casarão que sobre mim esbrugara quando tentei retê-lo. Meu olhar caiu junto aos pés de Gomercindo e neles, num círculo que fitei para acudir-me, fixei minha atenção, porque de resto tudo variava, como se estivesse nos vomitando de uma balsa no meio de um corrupio que fermenta, sem maromba, entre a água e as margens em forma de estrela. E um zunido, um zunido que não me deixava ser, e um punho nas janelas que punha mais nervo àquela espreita, meus olhos só batiam em tenebrosos fagulhamentos num cinema em que rebentou a fita, restando uns escorregões brancos, umas escoriações nas paredes, e um vozerio batendo com e sem compasso. Tentei alcançar os joelhos de Gomercindo, mas dei num vão e numa distância. Seus sapatos pareciam de verniz e senti um erro demoníaco ele bater o salto no solo como se estivesse também nervoso. Me deu um pavor. A porta mais próxima era o mar, a rocha, e o rugido. Desfaleci.

Fui retomando os sentidos, depois, lembrando. Havia batido com o canto da testa no piso e sangrei um pouco. A camisa tinha gotas de sangue e no chão havia umidade do sangue. Com espanto vi que as mãos de Gomercindo tinham sangue. Não havia barulho algum, nem nada que alterasse o Pensário. As alpargatas barbudas e desbotadas estavam em seus pés. Doía-me um pouco a cabeça e os nervos nas costas estavam enrijecidos, meu corpo todo estava retentido. Logo eu estava ainda mais alerta e ao contrário de antes não sabia por que me punha crispado. As janelas estavam todas fechadas e a vela sobre a escrivaninha era nova. Não havia nenhuma medida de tempo, então. Ele me olhava sem fixar os olhos, tudo para mim estava fora de alcance. Ele parecia querer terminar o livro que trouxera, mas ficava marcando uma página com a unha, num vaivém na margem direita. Eu parecia não existir. Tudo foi mais um sonho. Gomercindo tinha uma paz constrangedora. Quando ele narrava eu podia intuir sua idade, mas ele falava de um jeito precavido sobre experiências, nunca deixando claro assim se vivenciara ou falava de vivências ou fora vivenciado por algo. As coisas que avivavam sua voz poderiam ter sido vistas por outros olhos, transmitidas de boca em boca, adonadas, vindo parar no Pensário. Ele assumia uma gesticulação que não era dele, às vezes, e era tão pesada sua voz como se suas cordas estivessem tresdobradas em outras. Cedo da manhã ele fumava um cigarro de palha, disse-me uma vez, e ficava muito quieto tomando chimarrão sentado sempre para a mesma direção, vendo sempre a mesma coisa para melhor se ensimesmar. Ensinou-se a ser assim, domou-se como dom Terceiro Azulado. Eram períodos para sondar-se. Às vezes fumava nas noites de chuva, as noites frias, as noites que são cheias de labareda e cicio. Trabalhava na madeira com facas, gravando coisas que depois queimava. Aprendeu com os bugres a apagar seu próprio vestígio. Gostava de polir bombilhas de prata dos seus aperos e ver rebrilhar o metal da peiteira, que tinha um emblema que fora herdado daqueles de quem os herdara. Nunca perguntei onde estavam os seus livros. Como nunca da gente que para ele trabalhava. Uns eram batuqueiros, como provaram há pouco. Nunca ouvi a voz erguida na volta do Pensário. Deviam ser educados. As coisas do trabalho estavam de um outro lado, isoladas pelas construções. Suas posses continuavam iguais, ou maiores, ele não comentava isso. Ele disse que vivemos num tempo neurótico e fictício, e que todas as épocas são iguais. Todas as coisas dele tinham nome, e o que era anônimo pertencia ao giro dos negócios, a "rueda". Seus cavalos sabiam distinguir duas coisas vindas de gente: o nome e o assovio. Eram cavalos de origem e tinham registro. Tomava um tipo de chá após o almoço que era de folhas verdes, nervuradas e ásperas, muito amargas. Disse que era um veneno e um segredo, mas que ele não sabia como estavam equilibrados na botânica e nem como podiam auxiliar um ser que arrota por prazer.

Seus joelhos tocaram no molho de chaves que estava numa das gavetas. Tocou com os dedos para serenar o ruído.

– Quando partirmos, vamos nos divertir.

Eu não sabia quando iríamos partir. Perguntei-lhe o que houvera comigo e por que desfalecera. Ele respondeu:

– Quando se está no meio do caminho tem de se comer as próprias varizes. Nunca mais deixarás de andar. Mas farás isso não pelo que aqui houve ou não houve. Poucos são os lábios para chamar, os ouvidos para ouvir. Prosopopeias, paródias, aliterações. Um naufrágio total de dados e de signos. Soçobrar, emergir, vadear, a crista no fundo, o fundo na crista, novamente o fundo, novamente a crista. Partículas, fragmentos, fisgadas. Fomos lançados aos epiciclos partindo desses fótons barrocos e rodilhudos, e retornamos à aconchegante mônada. Mônada é um fragmento da manada, um pouco de sal, um berro longínquo. Recursos. Tudo palavras, elas nos sustentam. Só elas penetram o corte, são o atalho. Elas desordenam, elas aparentam, aparecem, e somem nas essências. Gotas de apojo pingando na caneca. Buscamos alcançar o que intuímos, um ideal de nome para essa coisa, que já não mais está, ficou a palavra da coisa, e a palavra que muda é a que mais acompanha a coisa e a transforma. Homero estava no barro e era barro. Depois abandonou os charcos, foi viver no mármore. Criar calendas, elaborar os nuncas, curar suas frieiras. Homero não precisava olhar,

Homero não nasceu com isso. Homero está aqui e o barro está lá. Como pode? Em que instante houve a dissociação? O que houve contigo aqui dentro? Entrou um homem e levou tua alma e te deixou a frase seguinte. Vivemos a pulsação da página que vem, a sua latência, isso está escrito. Lançamos mão do futuro num momento de pavor. Não houve quebra, não houve fim, não há começo. Sangue verteu, sangue secou. Um pacto apenas. A ilusão precisa de uma certa rotina, de uma certa certeza, de um empréstimo alheio que a insinue mais. Depois disso o fundo do teu olhar está trêmulo, como o meu é trêmulo. O fundo é um falso fundo, um despenhadeiro onde só cabe um, para sempre. Aonde quer que vá, nos reconheceremos. Em nós, algo está irremediavelmente fora, e é algo que necessitamos, e por isso vamos, e por isso somos.

Ouvi seus passos se afastando. Girou a tranca. Tinha acendido uma vela nova. O tampo da escrivaninha enraizara a cera derretida de outras parecendo uma pequena árvore luminosa, a fronde, o molde, amarrotados. Eu levantei. As chaves estavam numa das gavetas, o grande molho havia sido esquecido! Fui de uma a uma abrindo com pressa. Não havia nada dentro delas. Nunca foram ocupadas. Caminhei para as janelas e as fui abrindo. Umas lágrimas corriam lentas por uns restos de sangue em minhas faces. Luz de todas as janelas penetrou o Pensário, em erguimento. A lua estava em todas elas. Ele poderia estar em todas as luas, em cada quarto de céu, num único tempo, na mansa galáxia. Suas coisas no éter silencioso, um caminho entre a quietude, quase um fósforo em arco na mão destrancado. Eu poderia dormir essa noite e vivê-la. Eu poderia dormir vivendo-a. Eu poderia vivê-la dormindo. Eu poderia vivê-la e dormir.

TRÊS

Largamos na noite quando ela blindou a amplitude. Em menos de uma légua a cavalo estávamos no centro do que acontecia, acostumados com o escuro, calados, próximos. Barulhos de ferro e couro, concílio, alma e sem alma, miraduras negras e aros brancos, jogação de pupilas, relancinas, rolos de coisas gravando uma fita, de alguma forma a última cena, sempre e distinta. Dialogias de caminho e caminhada, vociferações das pequenas pedras que ficam para trás, as coisas que se movimentam em torno e por um momento seguem na unidade do chasqueio, que envereda, raspando os ferros em nova pedra e produzindo aquela luz carmim e desgovernada que insinua um pulo e morre nele, dentro da capa da noite onde cada estrela é maior e mais cheia de nomes que as chispas rasteiras que escapam dos rampões. Os cavalos no primeiro suor tentam transitar entre as frases de trilhos seus instintos de querência, que estão gravados neles quase sob as trancas da festeira, que suspendem os freios que se mastigam entre restos de aveia e de talos verdes. Mas a querência está ficando longe e o ar do fogo e da manada vai mudando. O facho dos recuerdos, os braseiros, perdem força e enfraquecem seus signos a cada dobra no espaço que delonga, que separa os maternos cheiros e que recolhe os gravatás pela frente, que normaliza num trecho em diante a marcha e bate, binária, a pata no próprio retumbo. Os pescoços deles esquecem um pouco de tentar buscar o tempo no mirar nervoso que lançam para trás, e baixam e levantam a cabeça então jogando a sombra das crinas na sombra da noite, bufam, a barbela pressiona, se instalam na viagem e não buscam mais com os olhos

136 o fundo da noite onde há brilho de uma casa e mesa e aqueles peçuelos quietos de quem gera e cuida de crianças. Ali a noite permanece, se hospeda, e ela é densa para que o sono seja composto daqueles anjos leves que protegem as crianças campesinas. Varamos alguns campos, e só nos acolás havia bruxuleios de lamparinas e nesgar de vozes tocadas no vento, aparições de fraseios que batem no ouvido e se dispersam dando uma base ao bruxedo que anda sempre pronto para amolar os maulas. Escuro, cavalo e homem, basta apenas o sonir para que o obscuro reine. Avantesmas nativos, boitatás, enforcados. Ranchos espaçados e talvez sejam os últimos por aqui, de mangrulhos e posteiros, que abrem suas portas para ouvir as aragens e bisbilhotar se a noite veste sua capa de mandaruvá. Que depois de vê-la balançam toda a face numa afirmação interrogada, cúmplices que são só dos estigmas do sul, falam por um elaborado pigarro, se abafam e dormem. Sabedoria que se constitui num acanhamento vindo de avós que retentearam pelas mesmas frinchas toda a vida do céu e da terra e se ensimesmaram porque descobriram fora dos pátios e do olhar uma zoeira e um tendeu de espatifes lá pelos últimos do universo. Universo maravilhoso, que os espera. Aqui comem lima depois da janta e saem para mijar no pasto, e olham novamente para o céu, que ainda assim é novo para todos. Estamos indo. Andamos sobre uma língua morta, sobre guaranis mortos, e que merecem respeito, de maneira que não anoto os toponímicos que os lembram e dessa forma merecemos nos perder, senão por nada ao menos em uma homenagem àquilo que eles fizeram por nós, que

sobre os seus disparamos nossos pesados exércitos e os enviamos para o silêncio, silêncio que é todos esses lugares, essas jazidas arqueológicas que aramos com saraquás, charruas e discos. Vozes do luto e do bugre, longo logro, logradouro, terras de terras escrituradas num balaio de taquara na beira de uma rodovia quente e veloz. Sítio dos que perderam a linguagem e que ululam o lobo no homem sem pelo num enorme espelho luarento dos loucos em touceiras, encharcados de cachaça, nas pequenas e tristes cidades onde dançam. A luma de mão em mão, pois tudo é aceso para eles e o tardar sapeca o íntimo. Palavras que estão onde as pás não mais as alcançam e que fazem vus no olhar dos potros e somem para dentro dos bambas de um outro povo de idêntica dor, de som de palma, de palma da mão, de palmas em círculo, de ciranda e de saudade.

Estamos indo. Gomercindo vai falando dos "míseros cinquenta milênios do *Homo sapiens*", dizendo que eles "representam, se comparados com a história da vida orgânica sobre a terra, algo como dois segundos ao término de um dia de vinte e quatro horas. Mensurada por essa escala, toda a história da humanidade civilizada preencheria um quinto do último segundo da última hora". O nosso sul não pode ser medido nesse tempo, mas já aprontamos tanto que em Prestes temos Aníbal e em algumas ruínas algo que os pajadores imaginam maior que a história grega. Nossos ponteiros andaram nefastos, sem sair de uma casa, sem percorrer sequer um risco de segundo. Já temos, porém, coisas enterradas. Conseguimos, nessa alvorada de cor esmaia, tombar um patrimônio para

138 a humanidade com os ossos daqueles que só tiveram flecha e bofetada, uma conversão satânica, e um santo de pau oco que os guiou para um rio de lágrimas. Mas mesmo assim, na hora da morte em massa, nos deixaram o nome dos lugarejos, dos riachos, dos cerros e uma orientação para as suas lendas, uma bebida amarga que nos simboliza e mais os seus sonhos com cobras de luz. Um poema que fala de armas de Castela e de Homens do Mar de Além, do gemido, da metáfora que voa num cavalo para o céu. Íamos indo.

Andamos várias noites. Os quatro cavalos poderiam ter andado outras tantas, sem se abalar. O cavalo que Gomercindo montava, como o outro que levava de tiro, era baio. Os meus dois, alazões. Enquanto os meus escureciam quando a lua estava sobre a nuvem, os dele fulguravam.

Talvez fosse esse o jogo. No restante, eram cavalos "das confianças" e foram trabalhados para saber disso. Andavam com vontade, engolindo a distância. Nós não tínhamos pressa. Falamos da invenção do estribo e de equitação, falamos do espanto dos ocidentais diante da seda chinesa e da estupefação dos chineses diante dos cavalos que suavam sangue e do intercâmbio, então, desses materiais tão diferentes. Mas ele falou, no meio de tudo isso, que o nosso olhar, o meu e o dele, o fundo do nosso olhar era trêmulo e que qualquer um, acurando em nossa mirada, poderia notar isso, mas que qualquer um não eram todos pois nem todos possuem esse

trêmulo indício, e que apenas entre esses trêmulos se dá uma revelação.
E mudou a fala para a seda e falou na rota da seda na China desde 200 a.C. Foi nela que se mesclou a seda no cavalo, o cavalo só poderia ser árabe como a seda só poderia ser chinesa. Tecido e deserto. Por mais de quinze séculos trocaram olhares cidadãos do Oriente e do Ocidente, nos vazios e montanhas da Ásia, atravessando o rio Amarelo, enfrentando a ausência de Gobi, um corredor estreito que separava os humanos e os espectros, o sinistro, o inóspito, o desaparecer e a areia. A ingratidão da terra, a estepe. A seda era para eles "leve como a nuvem, translúcida como o casulo, tão sedutora à vista e tão delicada ao tato". Na imensidão do oeste chinês, entrechocado e rebrilhante, na seda que é saliva, escreveram o provérbio: "A terra é dura, o céu está longe". A seda era a luxúria, o atalho, a aparição, a religação. As legiões romanas de Marco Licínio Crasso, na batalha de Carras, viram pela primeira vez a seda e seu terror: as bandeiras dos partas reluziam ao sol, confundidas aos aterradores gritos de guerra. Roma, mais tarde, conseguiu o tecido que fora contrabandeado em alguns ovos de bicho-da-seda, por monges nestorianos, em taquaras de bambu, até Constantinopla. A Igreja e o subterfúgio. O império cobriu-se de seda. A França, em 1789, proibiu a seda. Era adorno de degradado. Coisa de Luíses. Antes, os hunos se enredaram nela. Lá pelos 150 a. C. Estepe e seda. Terra dura e céu macio.

– São homens que seguem buscando reflexos e refrações – disse Gomercindo.

140 Interfaces de teleologias entre ínterins que penam nos recuos, no centro dos passos e nos vaus, nos simultâneos permeios epifânicos que há no acorde que se almeja como na frase que se encontra depois de muita procura. Vivemos num mundo que entra em extrema alusão de tudo com tudo, tombadio, tombadiço, tombado, básculas que se irrigam uma na outra, transluzentes. Seda e cavalo, suor e sereno. Mundo enfaiscado que uma vez visto atrai para si as diferentes maneiras e relações as mais estranhas. Um alude ao outro, e de tal forma está distante que já não interessa mais quem é, mas o que pode ser, e que assim se consegue na imagem o imaginado, pois que ambos estão em constante transparecer, num estado de íris, numa dilatação dilacerante e propagada, num bailar de pupilas de espécies repletas de miragem. O homem é a sua miragem. São olhos que já viram quase tudo, e no entanto cumpre ver ainda mais. Seres que perderam o sono e avançam sem ele, que perderam o amor e avançam sem ele, que perderam as leis e avançam sem elas, que tocam extremos, em desconforto e alucinação, mas seguem sem nada, que pouco juntam e tudo recolhem e estão seguindo em todas e para todas as direções. Uns querem a flor de Coleridge, outros querem o Graal, outros o demônio, outros a palavra, e outros o acorde, outros a cor para a forma. Sempre haverá uma épica, mesmo para os desenroscados, sempre há um só mesmo em turbas, esse é o que diz daqueles. Há um voar e um tombar constante, na fama e no anonimato, e um prelúdio tempestuoso agourando tudo. Alexandre da Macedônia chamou a atenção dos pescadores em éditos dizendo que

eles deveriam comunicar a Aristóteles qualquer coisa que julgassem nova dentro e fora das suas águas. Alexandre era sábio. Alexandre escreveu na terra dezenove Alexandrias. Alexandre morreu tentando buscar uma explicação para sua glória, num descampado de onde pôde finalmente mirar a irremissível ausência que viera buscar para prender à túnica. Ele queria uma coisa, um regalo talvez, que sempre esteve um pouco além de todas as suas batalhas vitoriosas. Sua mãe, Olímpia, enchia de cobras o palácio para esperar Filipe, que cotidianamente voltava com mais uma vitória, com mais meio mundo preso ao látego de sua cincha. Nem Aristóteles aplacara o destino de Alexandre, que o construía a cada manhã de sua estranheza radical. Avançou até o limite, deu com os olhos na morte. O que ele buscava era o que não lhe pertencia, que era um seguimento de frações que estava no tempo, os vultos que no tempo inauguravam seus assombros, a tensão do mundo pantanoso, os fulminantes cantos das nações incorpóreas que alimentarão as bibliotecas. Naquele recuo de tempo, Alexandre intuiu Átila, que fez da lágrima o gótico e que nada disso disse a Aristóteles, mas disse a seu cavalo tudo aquilo que só ao sábio se pergunta. Átila pasmou o assombro. Trouxe pela rédea os quatro Cavaleiros do Apocalipse, redomões que lambiam açúcar-cândi na palma da mão do bruto. Os hunos amedrontaram os bárbaros, que tipos! Os vândalos viraram normalistas num serão. Os hunos eram uma espécie de homens gerada nos pântanos, pequena, franzina, de aspecto terrível, que de humano só possuía a palavra: feitiço e estepe. Todos os descrevem com

142 horror, Paul de Saint-Victor é um deles, falam de seus corpos de membros grossos, da dimensão monstruosa de suas cabeças, das suas narinas dilatadas, das suas faces cobertas de cicatrizes para impedir a barba de crescer. Esses homens traziam em segredo a ideia do relógio cuco. Eles que tinham o costume das alcateias, eram lobos errantes nos bosques. Meio gaúchos. Não habitavam nem casas nem cabanas, qualquer parede lhes parecia um sepulcro. Se os gauleses temiam que o céu desabasse sobre suas cabeças, os hunos só conheciam um medo: que os tetos caíssem sobre eles. O fogo lhes era quase desconhecido. Alimentavam-se de raízes e de carne crua amassada sob sela. Traziam por roupa uma túnica de pano escuro e um casaco de peles de ratos selvagens, que apodrecia sobre seus corpos como animais que trocam o pelo. Eram puramente equestres: pareciam cravados ao dorso de seus cavalos, feios e infatigáveis como eles. Aí comiam e aí dormiam, aí celebravam seus conselhos. Seda e aço. A própria morte não desunia aqueles grosseiros centauros: os hunos enterravam o cavaleiro com a montaria. Não tinham deuses, mas feiticeiras que os uniam ao sobrenatural. Seu trabalho era a guerra. Iam para a carnificina como para a colheita. Usavam o fogo para incendiar cidades. A barbárie, dessa forma, é a pira da pátria a cavalo. Um dia botaram a cara na outra margem do Danúbio: Átila, o ogro e o diplomata. Os conterrâneos de sangue azul sumiram. Fizeram uma valsa satânica, dançando tigres com gatos num vendaval de unhas nas duas margens. Do fundo de um palácio de madeira, o cão Calinuco aterrorizava o mundo. Poucos dias depois, Átila convidou

uma embaixada para um grande banquete. Os romanos entraram numa sala mobiliada de bancos e de pequenas mesas. No meio, elevava-se um estrado e sobre este a mesa real e o leito onde Átila estava deitado. Aos seus pés, Ellak, o mais velho de seus filhos, em atitude escrava, silencioso e de olhos baixos. Serviram os convivas em pratos de prata, verteram o hidromel em copos de ouro. Mas Átila bebia num copo e comia em pratos de madeira. Em meio do festim, dois bardos levantaram e cantaram em língua húnica as vitórias do rei. Os bardos, desde Homero, sempre foram a memória das aldeias. O hino exaltou o auditório. Um entusiasmo frenético apossou-se dos bárbaros, gritos elevaram-se de seus peitos, lágrimas jorraram de seus olhos. Os semblantes assumiram a expressão furiosa do ataque e da defesa. A sala assemelhava-se a um acampamento em pé de guerra. A seguir entrou um bufão, e suas contorções provocaram grandes gargalhadas. Mas, em meio ao tumulto, Átila permanecia imóvel. Presidia em silêncio à ruidosa orgia. Somente quando Ernak, o mais jovem de seus filhos, entrou na sala, um brilho de alegria iluminou o rosto sombrio. Os olhos se amansaram e, com um gesto amoroso, conduziu a criança para si, acariciando-lhe a face. Ernak era a transcendência. Pouco depois, Átila, senhor dos Césares, ondulava em torno de si toda a barbárie. E disse: "A estrela cai, a terra treme. Eu sou o Malho que castiga o mundo! Sou Átila, Flagelo de Deus!". Roma disse: "Entra, Flagelo de Deus, e vai até onde te impulsa o seu braço. Desde sempre, os vencedores não param de vencer. Seda, deserto vazio, cavalo".

Ele atara o cabo das rédeas e as deixou soltas nas crinas amarelas. Cortava um fumo dourado e tinha a palha entre os lábios. A lâmina da faca era longa e afilada, ele usava um pequeno embornal a meia espalda. A copa do seu chapéu era bojuda e alta, de abas apenas médias, cinza. Usava uma bota de cano longo, marrom, sem adornos ou fivelas. Disse que gostava de se pilchar de uma forma simples, que dava sempre preferência ao brim Diamantina, e de todos os tecidos que lembrassem a pelúcia, e dela. Eu retirei meu chapéu e fiquei observando seu formato. Nesse instante percebi que não precisava mais do sol. Me acostumara à noite e nela eu me conduzia com maior precisão e dela eu sabia mais, me aconchegava melhor, ela tinha tudo de que precisava, em qualquer eito do caminho. Eu tocava a roseta das esporas de leve nas virilhas do alazão, reacendendo-o, para vê-lo morder a cãibra do freio, ficava com mil beiços dando no serrilhado de aço e eu puxava um pouco as rédeas para machucá-lo com a barbela. Apenas os joelhos me incomodavam um pouco, parecia que ali os ossos adormeciam ou gelavam numa dor pontiaguda, que depois se rearticulava e cedia. Entravam num quentor. Era preciso, no início, reajustar os loros dos estribos, espichando as pernas para o sangue melhor circular e dando uma folga às virilhas, parando de aporrinhar um pouco o cavalo, que sentia a roseta ora num e ora noutro flanco.

Gomercindo ia fumando e eu retirei do meu embornal um cravador e uns tentos finos de lonca e me pus a perfurar a tira de pano, o feltro e a carneira do meu chapéu, na parte da frente, mas antes disso havia atado o cabo das rédeas e as deixado livres junto às crinas. Me meti a bordar com as loncas finas uma frase no chapéu. Quando pronta, mostrei para Gomercindo: no meu fim, meu começo. Ele apenas riu, um riso entretecido na tosse e pela primeira vez o ouvi pigarrear bem forte, e aquele mio alto já de quem fumou sua cota na vida. Nunca tínhamos estado tantas horas juntos e talvez ele tivesse um tempo de fumar e um tempo de tossir longe de mim, antes. Assim que ele parou de rir e tossir, me fez um pedido. Me passando o seu chapéu, ficando com o meu, disse para eu escrever no dele: "Tradição não é grossura". Ia bordando isso com as loncas, ouvindo sua voz me dizer que as grandes obras estavam no centro das melhores recordações do povo em resguardada cordoalha oral, num urdume gesticulado que a ele lembrou um espinhel espreitante em suas rodilhas úmidas no fundo de uma chalana sem poita. Soprava um vento leve com cheiro de mato florescido. Sem meu chapéu, que bem sentou em Gomercindo, o sopro enredava um pouco os cabelos. E sentia a carneira ausente pressionar minha cabeça, mas de um jeito a não estorvar o costureio. Vendo as primeiras letras se formarem, me ocorreu que ainda era tempo de alterar aquela frase. Por farra, poderia escrever um verso dando voltas pela tira. Mas depois fui mergulhando nela umas imagens de grânulos coloridos que se refundiam com vozes de potreiro no pôr do sol em Santa Tecla, num maio. Alguns domadores, em dias de festa, a usam bordada atrás de seus coletes. Vendo cenas correrem no feltro e nas letras admiti comigo que elas poderiam ter para Gomercindo alguma ironia, ou mesmo uma evocação, quem sabe?, ao seu tempo de moço. Que pesado bordão é esse, capaz de vergar a rusticidade imposta pela doma bruta, dos tironaços e das quebras de queixos, e unir aqueles peões em um rito de músculo, gargalhada e sangue? Se a memória é tênue e difusa, por que não escrever um chiste qualquer em seus coletes festivos? Algo para rir desses destinos? Seria a nossa virtude amar as idades longevas? Retentivo no tranco, Gomercindo segurava as rédeas como um pescador na boieira. Que balança a linha no núcleo do remanso, sem trilha, onde nada é visível, conferindo o pulsar escoante, borbotado, nos margeios. Na flor-d'água há um aspecto de círculo estremecido do ondular sebruno descendo quieto, de alguma estrada velha descorada que a chuva retorce em curvas, desgasta e contrai o leito em finos rolos de fumo que se estiram num oco mundo de névoa, e as frondes das árvores arqueadas balançam nela a sombra do luar rendeiro.

Numa altura de uma estrada, uma noite, ele propôs que trocássemos os chapéus, e assim fizemos. Aquilo para mim era uma forma de amizade, de confiança, de intimidade. Talvez o meu chapéu ficasse melhor nele. Talvez. Ele nunca expressou um juízo sobre Eliot. Eu nunca disse a ele o que pensava de Mallarmé. Eles nos eram necessários e o silêncio validava isso. Assim, éramos dois e éramos quatro. E quanto mais íntimos de um determinado verso, mais reservadamente forasteiros poderíamos nos imaginar, lidando ao acaso com sentimentos de cultura que para muitos é sagrada, cuja mera menção arruína a sugestão emotiva de uma passagem porventura arrematada. O poema resguarda a casa. Às vezes, nas madrugadas de vento, a frase bate na madeira da porta e amaina a tempestade de um jeito a queimar ramos e cobrir espelhos. As palavras são gravadas nas soleiras. No alto dos marcos. Nas nervuras do batente. Na louça do relógio no alto da camarinha. Como vivos nas badanas. Na crista dos galos de cumeeira. No caminho entre o portão e os degraus, o verso escrito em pedra rosa é o vaiado e o bem-vindo. Sob o véu de picumã no rancho. No canzil ceroso. Na cruz sem tinta da campa de Estácio Ariju.

Por isso que em nossa terra não se elabora sobre poesia. O poeta deve ser respeitado como um estranho, digno da nossa melhor hospitalidade. O que ele faz e escreve pertence ao silêncio de cada um. Os que dizem alto seus próprios versos são pajadores, e quando um pajador atinge a metáfora ele some do nosso mundo. Nós nos comunicamos por imagens, e quando o conteúdo é demasiado denso, por gestos. Nossas sugestões e emoções não são simplórias por isso. Somos assim, às vezes miramos longe como cães em chalanas. As nossas mais belas poesias comparam uma coisa com outra. As nossas bravuras não são medidas com coisas da nossa pátria. Nós medimos os nossos procedimentos com países outros. Cada pequena cidade tem esses modos. Alguns culpam o mar, que é bravio e nos isola. Outros a geografia. Eu conheci a capital de outro país antes de ter ido à capital do meu próprio estado. Há bem pouco conheci o mar. Há muito o que se fazer em terra, e ler sobre o mar também é ser do mar. As pessoas do mar falam de um outro vento, e nós comparamos

148 o ventar aberto do mar usando a imagem da água voando quando se mira rente e prolongadamente da margem o rio fundo e escuro, descendo. O cavalo nos ajuda a lembrar os oceanos, e quando seu trote é doce dizemos *a nau dos arreios.* Acredito que esse é um instante metafórico, se for, ele é tão genuíno que pode estar dentro do nosso sangue herdado. No nosso silêncio às vezes declamado.

Entrávamos para dormir nos matos, no mais fundo deles. Dormíamos o tempo. E sempre, sempre anoitecíamos neles. Não havia um acordo entre nós, nem fazia falta. Algo parecia nos guiar. Os textos que repetíamos poderiam estar nos orientando. Nunca falamos na palavra pacto. Os cavalos atendiam ao estalido dos dedos, ao assovio, ou quando se chamavam seus nomes. Descobriam alimento e tinham bastante espaço para isso. Nossa comida era simples, umas poucas coisas que trazíamos e outras que eventualmente comprávamos em algum bolicho. Acredito que emagrecemos até ali. Estávamos ágeis, desbaratadores, engalguecidos, barbudos e um tanto felizes. Isso era um sintoma. Mas um sintoma comporta umas quantas descobertas.

Tínhamos uma certa urgência de reter não sabíamos bem o quê, e Gomercindo me passava sínteses de sua experiência como se algo houvesse de nos separar em breve. Em certos momentos parecia que ele buscava fórmulas que nos fizessem esquecer da paisagem, dos exteriores, do que víamos fora de nós: o idílico, o lúdico, coisas para ele já falsas. Ele observara, desde sua infância, um feitio, um manejo, uma maneira de pegar e torcer, um esmero, um flux cerebral nos dedos em uma forma de lidar, um filamento de vida penetrando um entalhe, deixando a idade ali e um mundo assim concebido nesse ou naquele arremate, uma escritura, um verso em madeira ou couro ou terra. Ele conhecia várias profissões, mas tinha uma certa distância delas. Ele se entendia um observador, não um fazedor. Pegada e idade, ele disse, despegada a vida fica nas vergas, nós, prisioneiros dos deveres e devires, dos advéns: futuro, um homem dentro de uma guampa, afunilando, a anamnese, engaiolamento. Seguido ele retomava isso. Tunelamento. Lembrei e disse a ele a frase de alguém: "a experiência é uma lâmpada fraca que só ilumina quem a carrega". Ele riu e disse: "esse até parece que dormiu nos meus pelegos". E fez se chegar o cavalo.

– Homem nenhum tem ou teve paz – disse depois. – Não há um ser humano que conheceu a si ou a alguém, ou dominou alguém e a si mesmo. Procedemos e processamos e passamos a proceder e a processar. Esse é o desafio. Inventamos uma invenção que nos inventa, ficamos alguns instantes felizes com isso. Logo o mundo acaba e vamos novamente buscar onde não há, mas pode haver. Dependemos do medo para prosseguir e do medo para estancar uma procura exaustiva. Quando chegamos à plena alienação aí sim só trabalhamos o medo, e temos uns instantes de paz quanto maior ele for. É a hora de construir hospitais e cassinos e toda a rede necessária aos seus funcionamentos. Uns são seres sem retorno e outros só de retorno. Muitos erigem sistemas tentando se safar e justificar estarem vivendo a vida de um outro para poderem se suportar. Aí mais se inventam e se infectam de estranhos, que julgamos nascerem de outra pipa, farinha de outro trigo, carne de outras esferas, esferas de um outro mundo cuja chave vamos procurando. Nossa infância está vencida e mesmo assim nos contagia. A maior religião no nosso tempo é a que nos propõe um retorno. Diz que a meta está no começo, a salvação é a aceitação. Ela constrói um tempo sem utopia e sem esperança fora da recordação, ela se propõe a educar os cinco sentidos para a lembrança. Ela não admite o recém-homem, o que veio à luz no trilho pantanoso de uma noite irretomável, instantânea. O olho da tormenta está em todos nós, antes e depois das classificações e dos sistemas. O meio do homem nasce fora dele e dentro dele, e se fora dele está seu fim, dentro deve estar seu começo. Quando iniciou meu começo, anunciei. Quando se avizinhou meu fim, avisei. Ninguém nos notará. Nem o nosso trêmulo fundo do olhar. É interessante esse exercício de passar pelo eterno, de vender alguma coisa realmente valiosa. É uma superação, uma superação temporária como tantas outras, e única como nenhuma. É um despedir-se, é um despir-se, é um despistar-se, e é o único começo, que se faz pelo meio. Se criarmos diferentes pistas de memória não estaremos presos a um único tempo, nem a tanta idade, nem a uma única memória básica. A boa educação é um disfarce seguro. A boa educação trabalha sobre nossos sentidos. Os sentidos devem ser inaugurados todos os dias. Quanto menos necessitarmos da nossa memória estrutural, melhor. Em poucas horas podemos ter novas totalidades, vivas e difusas. Saber que a nossa obra não sobreviverá, que o nosso longo texto regressivo se apagará conosco, em um instante de reviração modesta e breve. Para isso é interessante construir absurdos durante toda a vida e escolher a melhor loucura a ser educada. O absurdo reanima, a ousadia sem sentido nos sintoniza sem sabermos com o quê. A velhice é uma saturação de memória, de verdade própria, de falta de lugar, não de tempo. Lugar para novas coisas é vida pela frente. Falsos lances para uma vida de verdade até o fim de todos os começos. Encharcados de inícios sem fins, estilhaçados dentro de nós, não nos dando trégua e nos cobrando novos e novos e novos momentos. Quando ficarmos insuportáveis, deveremos dormir. Sonhando, exercitamos a lucidez, aquela lucidez de que fala Williams: senhoras, levantem a barra de suas saias, vamos atravessar o inferno. Dentro de nós está o códex, a cera virgem e o estilo para que se narre o que se é e o que se está.

Apeou para mijar e mijou olhando para o céu. Voltando a montar, tocou mal a roseta da espora na lã do pelego, ao alçar a perna. Foi um descuido. Sem dar bola, refeito e firmando-se, falou em voz mais baixa:

– Todo o tempo parece as *Mil e uma noites*. No fundo dele há uma mulher nos contando, enlaçando uma noite à outra, misturando os destinos para podermos passar, infames, filhos de uma história de círculos, de mandaletes e estupefações. Para podermos passar ilesos, para podermos passar sem tocar em nada, elas se ocupam de narrar. Para podermos passar sem sermos magoados. A calma como somos contados arrepia até

152 os ossos. Quando o conto é interrompido, começam as predições que cabe a cada um inventar, no cotidiano alvorecer, como um novo causo, numa ronda avessa. Não sabemos as palavras certas, mas o enredo é doloroso, e alguém disse, no meio de sua insuportável vida: "Abre-te, sésamo. Eu quero sair!". Xerazades de arrepio, bordando a história do oeste para o leste. Premonindo o que houve, sem rancor, persignadas, mas apagando com o manto os três sinais em cruz. Como ser de uma mulher vindo de uma? Que estranho ausentar inauguramos já ao nascer. Elas sabem o fim, mas o esquecem, esquecem como é possível o esquecimento ao esquecido. Depois fugimos, figuramos.

Eu me safo num cataclismo. Nos desabamentos. Imagino que os furacões são relógios de tempo, relógios sendo acertados. Ponteiros de ar cirandeiros. Um pôr-se em dia, vertiginoso. Cria-se um tempo cônico, sonoro, succionado. Uma grande varredura. Um sistema filosófico de ar destruidor surge e some. Os oráculos estão se mudando. Os restos de acerto ficam dias sem saber quem são, penando pelos sulcos. Úmidos nas valetas. Exatamente o que houve? Encolhidos, estáticos, o olhar no longe, na crise que adormece. Há um colo no horizonte revolvido. Lá está o verdadeiro tempo, dentro de um ninho de tempos. O tempo quando passa por nós abre o jogo. De novo, como nas canchas, perdedores da única posse possível. Depois dele, não apostamos mais tão francamente. Há um prazer nisso, em perder um pouco o sublime, em adulterar a nossa juventude, quando ainda estamos nela. Pensamos estar perdendo apenas um pouco de tempo, como se ele pudesse sobrar. Pode-se ver melhor assim, sabe-se agora como isso se deu, quando nos falta pouco tempo. É o consolo, aqui que estamos. Mesmo que melhor fossem as coisas quanto mais secretas fossem, um dia. Quando elas eram eternas em nós. Chegamos até aqui para vê-las, algumas ainda podem ser mudadas, é uma ocupação intransferível, que o indivíduo faz a ferro frio, com o coração frio, conta com os lábios frios. Eu não consigo mais postergá-las. Lembro de uma época em que o vento fazia um feitio na morada, dávamos mais tempo ao vento, pedíamos a ele trabalho. Os lavradores tinham uma lenda que lavrava a terra por eles, enquanto os bois adormeciam. Os avôs tinham martelos e plainas, e as avós o repouso da nata no jirau. Generoso era o verbo longe do aço aviltado. Tinha-se todo um dia para trabalhar um galo. Um galo que no tambor repete a mesma pegada de pua. Duas ou três coisas se compravam: sal, canha e perfume. Tecido, tesoura e sabre. Cristal, pomada e rapé. A terra terminava bem perto, e assim na terra logo começava o céu. Por isso, na minha infância as coisas ainda desciam do céu para a terra e Deus, de vez em quando, fresteava a reza no quarto. Demorávamos a crescer, e como! As botas nos aguardavam novas em suas idades jovens. Um dia as usaríamos. Esse dia chega como todos os outros. Tardio.

Tranqueávamos por um dos últimos corredores do sul, onde a vegetação tomava conta do caminho, sendo as plantas sintomas de desuso, de arresto vegetal ou apenas camuflagem, gramado, relvações que se espreguiçam, engruvinhos que se prendem à agrura, se enleiam nela, cobrem e descobrem um testamento, seguem com ele, barrando algumas passagens, enodoando, copidescando, sintonizando a senda ao imenso rasurar das ervas que dominam a sintaxe inaugural da planície, que a escrevem e a aprisionam no labirinto de minúsculos baraços e a revestem de flores abafadas e rasteiras, confundindo um trilho. O pastoreio havia mudado por aqui também. As cercas que ladeavam o corredor tinham suas esteiras cansadas, os arames ondulavam ao sabor dos pássaros e do vento e havia um tom gris nas tramas e palanques pressentindo o limo e rente ao chão já estavam apodrecidos. As velhas cercas se mantinham em pé, balançando um som agudo e plano de zampoña, som de terreno e horto e de velhas árvores secas, vindo das tíbias dos cernes ocados, que tubulavam e engolfavam, respirando assim no descampado imenso uma nostalgia singela e sem reparo. Nos vasos lenhosos daquele madeiramento corriam fagulhas de rebrilho e levíssimos cristais de ar sólido, coisas tiritantes e esfiapadas, desdentes, encarnações, balouços, apazíguos, sossegos, quietude, mal e mal deixando o talhe advertir o vento, um vento cúmplice e picante, que se esfolha nas frestas dos mourões e fala, inverna, grava na solidão e parte.

Eram campos limpos, finos, modulados por caponetes, em que a lua rebrilhava perto e longe, num complexo de perfume, sereno e ausência. Parece que aqueles dali foram abandonados às pressas por todos os ritmos, às tantas variáveis das populações, que ora nascem e ora somem, que muitas vezes habitam um ambulante sistema, amplo e vário, que até parece fixo e venturoso e promissor. Uma estrada de ferro, uma escola, um bolicho, quando se entrosam, fazem fervilhos, homens e mulheres, as carpas, um padre, gente dentro daquele rigor sendo útil. Depois se apartam todos e partem, deixando para trás algumas sementes que rebrotam, e assim fazem até findar os nascimentos das últimas coisas esquecidas.

O sol vai descorando a tinta e as habitações se empalidecem, pois mesmo o delicado roer da chuva e do outono pode anular essas moradas. O som de derrumbe das aves descuidadas macheta nos pilares e se enfuna nos larários desocupados, toca os olhos dos santos superados, pagam elas as promessas que o pago não teve tempo de cumprir. Pelo solo e embaixo dele fica então a grafitagem do labor, sedimentada, calma, uma caneta deã está narrando por debaixo dos caminhos uns momentos do lugar: a fundação e o fim. As folhas da terra viram, não há número em suas margens, lemos de qualquer forma um conto ainda quente, que o pároco imagina ter esquecido no banco de trás do carro. Todos os nascimentos e as mortes nos volumes inelutáveis ficam nos prelos incessantes dos garrões do mundo, nas terracotas, nas esfinges, no paladar dos vultos que decrescem atrás dos vitrais dos mirantes da igrejinha. As velhas árvores como folhas dos cabelos das avós, finos de prata, segurados nos diademas, cercando e ocultando. Tímbalos se arrinconam na pracinha e se agacham nas cercas-vivas, no pé dos ciprestes, nas farinhas da ramagem moída entre a brita, para enfeitiçar os segredos, nascer e morrer de novo. Depois deles tudo

156 é ambíguo, tudo troa, retumba, balança e se reparte. O pequeno córrego da roda do moinho: flauta d'água, gerúndio, nuvens na corrente. Mós descalças. Giratórios.

Prosseguimos. Dias depois, demos nuns ranchos que paravam os trilhos. Ranchos silenciosos ainda restam, que talvez valesse a pena visitar. Mas estávamos viajando não para confrontar, mas para defrontar, segundo Gomercindo, o dentro e o fora. Eu anotava para uma caderneta. Mas o que realmente me ocorria era ter mais gente comigo, gente que pudesse iniciar uma hermenêutica do sul, com a calma acadêmica e o vigor dos demônios. Ainda dava tempo, nossa memória estava a céu aberto. Os ciclos colidiam, mas nenhum estava ciente da sua vitória. Tudo estava desarrumado e dessa forma esperando ainda para ser finalmente entendido, aguardando para sumir. As sagas estavam secas, paralisadas, poderiam, se não anotadas, ser colhidas com garfos e levadas em caçambas. Raízes e solvências, restolhos valiosos, etimológicos, e por um triz. Devemos dizer que optamos, com garbo, por ter em disquetes a rota dos semens de garanhões e touros e vacas e éguas. Os povos possuem alguns poucos homens encantados com nossas passagens pelas grotas, alguns não os têm e alguns os mandam buscar. Cada louco com sua *Ilíada*, disse Gomercindo, cada qual com seu sul. Talvez nessa noite eu compreendi o verdadeiro amor que Gomercindo dedicava a Haroldo de Campos, que ele o tinha na mais alta conta e o julgava um fazedor entre os fazedores, digno de ser comunicado, como Alexandre quis com Aristóteles, da existência de um termo que resistira à crueldade do tempo e ao esquecimento altivo dos saraus literários.

Mas Gomercindo não tinha mais tempo para encontrar Haroldo de Campos e por isso, cavalgando, declamou uma das suas traduções. Fez com um sentimento de quebra, de taura, com a candura inóspita e insólita da sua emoção que envelhecia na viagem, cansando-se mais do que esperava. Depois de declamar fez uma tese: as grandes obras são vampiros sedentos que secam o vigor de vários homens ao longo de épocas, sugam-nos para se perpetuarem, se alimentam das reinterpretações, aplacando e apagando quem toma contato com seus âmagos encantados. O pacto de Ezra Pound com Walt Whitman é dessa natureza. De lenho e machado. Mas o exemplo que ele queria dar era de um maestro regendo uma sinfonia no instante do quarto movimento, quando o compositor morto assume a batuta e os cabelos do regente vivo vibram mais que os violinos. Quando entram as vozes, quando começa o sangue a ser exposto, quando a eucaristia pode ser plausível, quando a cabeça debanda, quando o arco cala na corda e os lábios tremulam para passar o espírito. Junção pura, tons inflexíveis de agulhas colcheias, tacitez e cundaline, transe, ameaça, arraso, cadência, rajadas, generosidade e delírio. Coda longa.

Gomercindo tinha um encanto com a palavra *serigote,* já um velho logismo utilíssimo em tropeadas, pois o vocábulo fundira a lida de um povo na voz de outro pela boca de um artesão correeiro que nominou um lombilho e criou um mal-entendido a um tropeiro, que de germânico nada

158 atinava, mas que propagou e fez nascer do erro uma ideia de usar o objeto novo junto à palavra nova, misturando um orgulho teuto a um pacholeio guasca: *Das ist sehr gut.* Bom de montar: serigote. Eu li que há muitos séculos monges chineses viajavam pelo mundo atrás da origem de uma palavra. Eles pertenciam a uma escola de tradutores de uma determinada dinastia. Muitos deles morreram nessa missão, fundamental para seus mestres exegetas. Gomercindo esteve no campo neutral das línguas, mas dele falava rápido e de forma muito impressionada. Acho que lá tentaram matá-lo, pois ali os exílios se multiplicavam de forma quase animal. Olhei para ele, que viajava hirto sobre os arreios, mas ele estava perturbado, se não distante. Eu acho que ele gostaria de ficar um pouco calado. Meu olhar deu no solo à frente do seu cavalo, mas depois olhei as pratas do luar sobre as relvas. Alguma coisa nele me intimidava, e isso me deixava confuso ao ponto de estranhar a própria vegetação que mirava, às vezes nada distinguindo. Seu cavalo parecia compreender melhor o mutismo do dono, e o pescoço de cisne armava-se e em torno do trote nascia um aro de respeito em marcha. Era um cavalo que trabalhava o cavaleiro, parecendo impor o caminho, em certas ocasiões. Não sei por que nem de quê, mas da face esquerda que eu avistava descia de Gomercindo uma lágrima. Talvez da noite ele ouvisse uma cega frase. Levei de leve a espora em meu cavalo e num esbarro toquei contra a perna de Gomercindo, que disso não tirou um chiste. Passei um pouco à sua frente, tomei o seu trilho e fiquei ouvindo o coscós do freio do cavalo que ele montava.

Seguimos assim um tempo, quando sua voz, agora rouca, cantava umas palavras que me pareciam embaladas por uma vidala:

Longa noite que me cala
na cabala da emoção
sigo raspando o silêncio
rasgo a pele da ilusão

Pensamento que dispara
metralha sem direção
anda dentro dos meus olhos
solidão sem solução.

Tinha largado as rédeas sobre as crinas e trazido a mala do poncho para junto da cabeça dos arreios. Batia um legueiro nela, com as mãos que lembravam um aceno que vi em um homem, em Salta.

Tempos depois, nossa sombra, uma depois da outra, tremulava sua fina figura nos altos de terra dos barrancos: o desfiladeiro. Nossos estandartes escoriados nas alamedas de pedra. Um tule áspero, tateando na superfície lateral, escorrendo, um manto a divagar sua tecedura, seu urdume de cardo, sua tramatura franjosa. O que se é para temer em nós, andaimes sem solércia, outro de gente, refilando na lã rochosa, lado de nós de silêncio inquérito, em cerco de roca verrumando no escarpo batume sem molduras. Magma. Vísceras peregrinas dentre as facas agarradas na pedreira para dentro. Canto de olho. Retine o ferro do casco sem estrelas nem alumbre, a pedra morde o mole e recebe do instinto a repulsa, a pata toca pelo cheiro do escuro e as crinas vêm varrer onde pisar. Arqueios na sombra do cavalo. Pavio de isqueiro na altura do peito, montado, reforça o esvaziamento que a alumiada retira das nossas formas para fazer outras, corporaturas que ladeiam, e se a mão que segura o pequeno fogo se move, afunda as figuras entre cancelas que cedem por instantes sua blindagem mineral para que passe algo das vestes e afunde nas frestas da pedreira o que levam de invés e irretornável. Desolador é o tempo quando arriba, escoa do senso a orientação e enreda num outro orientar um pulso falho de arenosa trena e um conversor que se transforma no que transformou. Se sai da imagem para a sombra, na segunda relancina se alterna e se origina e depois de se familiarizar nos trapos de contornos remansa em si a sombra e a imagem e desses despojos projeta a borra que recolhe, se de espelho em espelho usa apenas o aço, e de mínimo em mínimo chega ao que é ressequido e perene no espectro. Seguimos. Trecho de telame limpo de poros, chão sem macio, rumo sem guieiro. Silvo. Légua. Liame lunado onde vamos nos afunilando mais em curvos de oco ciliado que azulou os aros de candeios na lanugem da presa penetrada. A lua desafoga um pouco e quando se some nos deixa por breve luz e adivinhamentos. Do cavalo a narina dilatada focando os vãos, os desocupados, as pequenas vertigens que a ferradura envia da fundura móvel da marcha rente à crosta em laminado. E sempre a nos rodear pelo tapume a sombra de ave anilhada, reparada no voo, solta na sonda. Rasgando nas felpas. As sendas perpendiculares no horizonte de uma caverna, uma caverna onde deparamos as nossas íris assombradas, quase uns traços de carvão noturno condensados nas lajes, já com alguma coisa que continha uma alegoria, uma mandíbula abismada em aba de chapéu e nariz, uma rena monocromática, uns besouros coloridos de leve, quase uma gávea solitária num mar escuro de caminho. Planas, rugosas, silenciosas, esgueirando, picturais, as sombras amadrinhadas dos quatro cavalos, reveses de imagens, aço apenas de muitos espelhos móveis, recorte, pesponte, tesouradas, pedaços, a nossa cena. De um outro ponto de vista, de fuga e de entretenimento, asas de aves rasando nos paredões, os rentes vultos reproduzidos sem dobrar as hastes de pedra, velozes e nulos, deltas de deltas, asas de asas, relevos abstraídos, essências de sequências que disparam, despistam, selam e não são. Noite: iludem, aludem, somem. E de um outro ponto ainda, uma figura de tempo puro: a sombra da ave vazia, sem asa. E de tempo impuro: por dentro, sem contornos, apenas o ventre da sombra que virá vazia, sem ave, seu ventre sombra e da sombra saindo fojos mais ensombrecidos e alagados em asas de penas cinza, sem sombras pois delas apenas a veste da veste enegrecida, sem sangue, sem ar algum. E se fosse em um dia qualquer, luminoso, o céu de algumas nuvens por onde o tempo surgisse, de uma certa altura lançasse uma âncora pesada sobre um determinado instante de mundo, e depois, novamente pairando, zarpasse arrancando essa âncora com a leiva toda daqui, a era, o zênite, o ângulo, a linha, os laçarotes delicados, batendo com a âncora dele por uns segundos de maneira a arar pesadamente sua marca num trecho imenso, pelos fins cônicos do nosso rincão, numa espécie de adeus irremediável e erradio porque sobre-humano. E com nossos chapéus fabulosos ficássemos a acenar o cortinado das abas e as abóbadas das copas, as fitas coloridas, os barbicachos cinzelados, essa estética prateada e fria, esse calor fogoneiro, esses sombreiros enlouquecidos no topo da coxilha contra o ventarrão, a lua, como se o sul fosse levado em garras para um nunca mais. O eco dos cascos acamados nas estreitas passagens rebatia a meia-lua das pisadas. Me sinto oprimido na pedra por debaixo e pelos lados. A espora procura, belisca, realinha o ritmo. Os longos pescoços se inclinam, cheiram e bufam sem existir trilha. O escuro nos cobre, afundamos nas lascas. O olho procura, amacia, mas não mostra nada. Um pouco a rédea cede e deixa mais ao cavalo o seguir. A furna ficou.

Galopamos. Pensei que as coisas de dentro das nossas sombras pudessem por elas ser vistas conosco fora, no outro barranco, em reflexos, oito cavalos, quatro homens, e no meio deles uma trilha. Seguiríamos até que o fim se desse conta de nós e nos recobrasse. Íamos imaginados, presos a um contar incomunicável, nossa palavra não valia além de cada sombra, de cada sombra em sombra em cada sombra. Lados de atos, nada de recobrar, pois um lado estava para o outro com tal intimidade construído que o som de nada ou sua imagem poderia demovê-los ou arredá-los de seus vultos. Nelas construíam o que as mínimas necessidades apontam, as sombras já estavam tomando água, estavam trocando de material de sonho, de lembranças. Elas tinham uma realidade, pois a representavam em passos de uma dança pensada, entre o esguelhar da terra que as procurava deter e das pedras, sem resultado. Saindo para fora da pedreira as raízes por ali nuas fisgando nossas vestes, tudo era sombra, tudo era nada. Eu não poderia repetir o axioma de Eliot que estava em outra cabeça, com outra sombra e outra. Tudo era sombra, tudo era nada. O obscuro intelecto estava desfeito e feito sua próxima sombra, tudo era nada e era sombra. Nosso mapa se desenrolava da sombra para a sombra, suas rosas e ventos. Nós estávamos num passe, e éramos ele. Restos de ninhos desarrumados, no alto, dentro das raízes. Ouvíamos o girar das nossas esporas na nervura das virilhas, dentro e fora dos cavalos, nas veias e nos bagos da sombra, os loros dos estribos recolhidos, gotas de suor negro, de sangue, estalir da sombra dos látegos, sombras de nome, bridões, cedeiras, argolas de cromo, um rebolqueio de tudo na fina pele da sombra, espaço, em nada, em sombra, em fila. A sensação vertiginosa do esparrame no vazio, tropeço, pedaços de sombra e brasas semeadas na cor da sombra, sal e sola retorcida, no que há de cinza na sombra, e o que há na cinza, o frio e o quente no olho escuro do amuleto no peito da sombra. Alguma coisa se rompe como cápsula, deixa mais escuro sair e se dispersa e se devora, talvez uma parafusa fumaça da sombra deixando a sombra, suas coisas de uso sem barulho seguindo uma depois da outra sombra para a sombra.

Eu fui rodando e amontoando imagens, sofrenaços, pedaços do próprio corpo num vácuo urgente. Ouvi dentro da alma um sino, um casco, e bebi um copo de suor no meio do pó e fiquei quieto e pensando não ter quebrado nada. Tudo era sombra, tudo era nada. Uma ave leva no bico outro bico de ave, os símbolos se salvando, de arrepio, como do oeste ao leste, contra o sol do próprio voo, o que sobre o linho está alinhavado, uma ordem que não funda, mergulha sim um longo braço alagado, recolhido, os dedos irradiados como a roseta de cinco pontas que calam o cavalo desde a costela até a anca, para que em rodopio caia com o cavaleiro, como a areia da ampulheta sobre a toalha da mesa num sábado à noite, tudo é sombra, tudo é nada. Estamos sobre um retalho, de alguma forma em paz, chapéus por fora, céu por cima, coisas já cicatrizadas: atmosferas. Destecendo, apenas fixando no bilro a ponta do caminho, grande é a roca do mundo, deste aqui. Um ar de pira acesa no fundo de setembro. Levantei. Fui procurando minhas coisas. Gomercindo parecia, montado, não ter se dado conta do que se passara comigo. Apenas apontou para um canto da noite e disse que estava lá. Fui lá e ajuntei. Montei. Eram coisas de se levar dependuradas. Umas se perdem. Aquela era importante. Não sei como ele a enxergou: a caderneta. Estava escuro. Dei graças pelas folhas brancas serem mais visíveis. Lua pouca. Boas vistas. Do alto do cavalo. Eu não teria notado a perda. Dizem que ninguém nota quando a memória cessa de brusco, o orvalho sobre ela, a lua, o sol, o vento, o frio. Enfraquece, apaga, nada. Seguimos. Gomercindo falou:

– É muito pouco e é muito perto. Alguns segundinhos do largo todo e todo o fundo juntos. E tão recuado já é e tão vindouro fica. O que é o que foi? Só consigo distinguir triângulos entrelaçados, indo da morte para a vida, mas sem parar vão à morte. Tenho visto isso. Tenho sonhado isso. Uma encruzilhada em pé sobre a estrada. Cruzetas de madeira, depois. Uma imagem simples ela é e me tonteia. Assim, aturdido, ouço o choque dos triângulos uns nos outros, parecendo cascas de acácia afundando num terreno sibilino. Eu não consigo mais ver o presente. Os triângulos estão sem um dos ângulos e por este vazio fogem uns dos outros. Tenho chegado a quase tudo, mas se falo do tempo humano, sempre me falta um pedaço, e agora entendo que pedaço é esse. As coisas, quando bem pensadas, não existem. As coisas não resistem ao homem e se afastam. A reflexão vem me judiando. Elas se afastam para sobreviver. Mas o nosso tempo não é uma coisa assim, não forma três ângulos apenas, e quando estou sentindo intensamente isso tonteio, tenho de me segurar na badana. Sinto meu erro e minha arrogância, eu purgo e peco novamente.

Deixei que ele seguisse falando, voltei a pensar numa pira acesa no fundo de setembro. Assim eu gostava de me lembrar. Gomercindo entrava pela rua principal no papel de índio guarani, mas ele não era guarani, ele era o provérbio sobre um cavalo azulego, vincha colorada, que os clarins de ferro verbalizavam quando a palavra ainda estranhava o vento e se dispunha em fila sobre a folha de linhas duplas. Fogo incolor na chuva, seu brinde inteiro de uma porta a outra da cidade, numa taça de logos engolida com todo o requinte que requer uma cerimônia terrunha. Os cães nos perdoavam e latiam contra a metáfora guaranítica. Era ali um território sagrado, de pajés e algaravias e algumas avenidas nevoentas, mas tudo foi se tornando branco, branco da cor do alvário no sol. Havia a rotação da terra e um outro nome para ambos os escuros do nascer e do pôr. Havia o devir e havia o ser e havia o nada, com outros nomes. Eram tão enigmáticos quanto Heráclito, mas passavam pelo mesmo rio. Tinham oráculos de timbaúva e relâmpagos. As duas margens eram eternas, não inauguraram a terceira, colocaram-na dentro da água para unirem-se à foz, pois intuíam, como Eliot, que o começo era o fim. Tudo é sombra, tudo é nada. Deixaram meia dúzia de rimas incandescentes, palavras aderidas já grisalhas, maturadas naquele lodo vermelho de quem vai para as ruínas, rodeadas pelas figueiras e pelos umbus repletos de raio, onde há o ermo, o secreto e o sul. Um jogo de línguas nos barrancos, línguas de lumes de vela escura, e nossos chapéus, suas pontas, estão indicando as nuvens, os bastos contra as caronas não rangem tanto e os xergões estão colados aos rins, os cílios dos cavalos palitam a neblina, tudo é sombra, tudo é nada, tudo passa. Longe, para trás, ficou o desfiladeiro, a infância e sua sombra misteriosa. Voz, voz ao meu lado, estamos seguindo.

Acreditamos nos rampões, pois iniciamos uma descida pedregosa. Eu temia que uma queda pudesse lastimar Gomercindo. Os cavalos permaneciam ou melhoravam suas agilidades e esfogueteios quanto mais emagreciam. Uma rodada era um fim, sem começo. Logo o caminho enveredou rente aos capões de mato, por entre os cheiros variados, e sem demora um riacho. Estávamos todos nus para o banho. A água gelada despejada das cambonas sobre o lombo suado dos cavalos retirava uma bruma do couro. Eles nos suportavam. Sem basteiras, sem nascidos, eles nos levariam além dos vistos. Nosso sabão era deles. Mais importante que comer era cuidá-los, e cuidá-los era estarmos atentos para os cascos e para os lombos. Assim, batíamos com firmeza em seus quadris depois da higiene. Eles se sentem humanizados, e pataleiam, agradecidos. Atahualpa cantou que eles são felizes porque comem a própria paisagem.

Desde que falara sobre triângulos sem um ângulo Gomercindo seguia esse pensar até parar de dizer qualquer coisa. Ouvia apenas o seu tossir, que me preocupou de uma vez por todas. Acredito que ele não estava inaugurando nenhuma memória nova, dando a entender que sequer estava imaginando ou mesmo associando essa noite a alguma outra que certamente poderia ser complementada. Ele estava quieto e ausente. Apenas quando lembrei dos nossos chapéus trocados vi que ainda éramos dois unidos por um projeto, mas talvez começássemos a nos esquecer. Ele resmungou uma única vez e caminhou para onde os cavalos pastavam.

Tempo depois, voltou. Aí disse para alguém:

– Eu mesmo me usei, meu uso me investe de experiências, de lâmpadas pequenas, e me reveste, me projeta novamente. O inferno que atravessei está agora frio como lágrima de tacha. Eu assovio para dentro e para o meu espírito, e posso lembrar o meu berço, suas rodas que giram

168 no piso da varanda. Onde passo, vou apagando. Desde o meu começo, e dele à curiosidade que deve haver no meu fim. Estou trabalhando, há uma frase que escorre e eu a quero luzindo, centrada no texto. Bisbilhoto-me até achá-la. Sinto-me orgulhoso. A terra que produziu um tal ente não falhou em sua tarefa.

Reminiscia. Remexia um fundo que era a única coisa que sabia de seu. Fazia numa parecença de reza, se espiando. Tentando negar a fatalidade do transcurso, do seu narrar distendido por todo esse tempo. Reunia, num venha-boi seu, o fugidio centro de esperança, a clave fogoneada dos recuerdos em sopeso. Suplicando ao saldo, talvez, para que ainda não vencesse nem um lado. Para que não se concluísse bom nem ruim, para que na ponta do fiel visse um pequeno ardil de instantes, um interregno, um lance de existência secretamente economizado. Ele se sabia.

Azulava sobre o mato fechado e aves desciam para o campo. Quando nos deitamos, clareava. Quem éramos nós, pensei, cerrando os olhos. O sono reafastou-se e senti um frio no estômago. A insônia me alcançara novamente, penetrando logo aqui onde as árvores me protegeriam. O chapéu cobria todo o rosto e dentro dele meu cheiro era mais forte. As imagens inconscientemente registradas vinham parecendo estar há muito escritas na trilha e nos galhos, na pedra e nos pontilhões. Descrevia-as em um plano mental e noutro vivia um subliminar rastreamento, numa caça, confusa, consumida. Sem ordem nem sistemas, viveiros delas, nascendo e perfilhando, pareciam baraços, rebentos delas, carecendo uma ordem.

Deu-me vontade de levar as mãos ao pensamento e redistribuí-lo melhor, ou ao menos proteger alguns deles, descansá-los. E se possível aliviar um pouco aquela reboleia divagante de ideias que não poderia, agora, dividir com Gomercindo, que estava envolvido nas suas. Seguidamente uma força sem memória me aprisionava nesses delírios, jogando-me a esses enxames sem nexo, a um percalço sem paradeiro, desprotegido, tropeçando nos signos, onde tudo era erradio, inventado, e, ferroando, corrediço. Um giro onde tudo gira, a centelha e a tocha, o charco, a chance deschaveando a imagem indescrita. O fundo do olhar, então, fica mais trêmulo. Desterrado para dentro, escrito o nome na ostra de si, entranha da entranha, unha na fibra da alma fuçando, na fibra da fibra dela. O domínio do domínio, sempre foragido, saber dolorido de fazer, insuportável, a forasteiria imantada aqui no centro da cabeça aliciada, gritos que o som desconhece, desregulos levianos arrepiando o motim das sílabas que sentem frio fora da parábola, do turíbulo, da pele dos cheiros que estão no ar da praça, no centro da pequena vila e na voz do último que se retira dali, para os fundos, para a noite além das lâmpadas. Colisões. Ouvi, fora de mim, o bater de três ferros muito próximos. Era Gomercindo pressionando com uma das mãos a trempe desmontada ao lado de sua cama. Ficou batendo aqueles três ferros, provavelmente ele também sem sono.

Lá fora o sol estava alto sobre todos. Virei-me de lado e a umidade da terra vertia vencendo o carnal até a lã. Prestei atenção a um canto entre todos os pássaros e pude assim amarrotar o que pensava. Trevou.

170 Quando acordei ainda ouvia aquele soque de ferro contra ferro, como se Gomercindo tivesse passado muito tempo tirando os sons da trempe. Embora metálico, era um pulsar soturno, ressoado, gude, talvez pela lembrança da cinza em círculos de borralhos, de um resto que ainda resta, que procura acompanhar fixando-se em ovais e incômodos trastes, sem reentrâncias, usando o pelo do seu pó fino, sua cor apenas, e para isso lançando mão da memória da lenha, sua casca apagada e seu espinho torrado cheirando com dificuldade ao longo das três hastes. Ele batia aquilo vazando o silente anoitecer, sem pressa nem obrigação, livre para escutá-lo e pensá-lo. Igual aos índios, fumava sobre o sonido. Assim ia descarnando as imagens que o ritmo provocava, descendo-as até suas idades rescaldadas, na moradia do amianto e do zinco, dos materiais que adornam e de que se precisa para qualquer feitura onde se dá arremate, as indicações galvânicas de tempo em tempo, num caminho agora longo, destelhado e arredio. Era um som de tríades e de rebrilhos, de pontos e linhas, que ia pinçando litotes, metonímicos, sinédoques, saleiros, polimetrias, chios, paramorfismos, rolimãs, vultos de enxós, pele, de ossos sobrepostos, de olhos transparentes e acurados. E ainda assim era um som de fora que Gomercindo necessitava ter dentro dele. Vibrar aquele utensílio, repicá-lo, encroar no espaço a raiz central dos acampamentos, a forma elementar da trempe, o rastro elementar do galo na forma dela, o dia de cada um: o tempo da ave, do fogo e do ferro. Manojos de vento, pelo alto, davam nos açoita-cavalos, a castanhola das folhas acompanhava

o pulso da trempe, aqueles dedos alongados. Com a voz muito distante, afinada mais no tempo que na trempe, ele cantou, ritmado pela zamba:

Fundo, muito fundo
te escondi, brasa da dor
Fundo, muito fundo
te escondi, brasa da dor

Para que nunca te avivassem
nem sobre ti ventassem
ventos de afago e paixão

Igual ao fogo, fui me consumindo
Igual à chama, fui me apagando
ao feitio de um canto
onde não há canção.

Ele teria parado se eu pedisse, mas não deveria alterar sua vontade e seu desígnio. Eu não saberia dizer que diabo ele vinha mordiscando, que o acossava, cujo cerco poderia ver pelas pisadas da sua voz. Gomercindo estava inaugurando um demônio novo usando suas últimas forças, um satã momentâneo, sem pedir ajuda. Ele se ensimesmou naquele violino, naquele barbante melódico, caiu na teia toda daquele punhado de pulsos

172 onde se enfeixam as vozes vegetais e as transumanas, de onde para sair se precisa de outro rito, e depois de outro. Era aquele dizer, quando se jogam esferas: "Vim te buscar, mas não sei se te levo". Disse-me, na jornada, que mirava um berçário de estrelas e acertava um charco adâmico. Vi, agora, que ele atirava água em sua volta, água da sua liturgia, e tinha um pano parado sobre as espáduas. Segurava a tríade de ferro e batia com ela. Falou novamente:

– Ao teu redor nasceu o sul. O albor e a fumaça. De fora a fora nos lançaste, como sementes em um lance único. De pelo a pelo. Sal e ferrugem, sebo e labareda, aquiescidos. Olho e sobrolho na restinga e no cerro, paleteadas, um traço de povo fumegando numa ronda.

Eu poderia dar uns passos e cuspir naquilo, desencantar seus avatares, como aprendi uma vez vendo um senhor cuspir num livro cheio de gladiadores na capa. Gomercindo, desde uns dias, estava deslindando sua escritura. Disse ele, uma outra noite, que mesmo que fizesse pela primeira vez já o faria tarde, pois ele estava feito e até onde alcançava, concluído. Mas que ele aceitava assim linear sua narrativa e estava disposto a menti-la se isso a tornasse menos mona. Andou moneando demais. Ele aprendeu com os ofícios de ardil escuso a binaridade e as inversões maiêuticas e com algum esforço poderia ter sono e vigília a um só tempo: falso. Um olho aberto, outro fechado, eis o segredo, a bolacha babada: esforoa, esforoa, esforoa. Ele disse:

– O mundo está de tal forma único que não há ponto que não possa ser alcançado em um único dia, confina. Em algumas horas posso desaparecer, desaparecer deixando minhas lembranças de língua de fora. O jamais bate em minha porta e ri das minhas ceroulas, arrasta-me pelos cabelos a uma partida de dados com a humanidade, no quiosque, com harpas e guarânias. Descobriu o meu fim rapidamente. Antes, há poucos anos, eu rondava com desespero e dúvidas. Tudo está muito claro agora. O provérbio foi cindido ao meio: o lince sai do escuro, todos os caminhos levam à encruzilhada. Os ogros se engarupam. A faxina está concluída. Estamos no limpo. O terrantês se encolhe com o que há de ainda elástico em seu armar de bote. E faz um brinde, se caçoa, se cabisbaixeia.

Entendi que retardaríamos a partida. Ele ficaria dizendo aquelas coisas para um punhado de folhas secas recolhidas pela ponta da trempe onde ela conseguia chegar, puxando-as para um montinho. Sentado, fiquei tocando com um graveto nas folhas no chão, nos meus pés. Gomercindo sabia cantar, eu deveria aprender. Me pareceu que ele cantava não para afugentar seus males, mas para reuni-los. Ver se eles ainda funcionavam. Chamando-os poderia diverti-los. Divertindo-os, poderia dividi-los. E assim, quem sabe, suportá-los melhor, um de cada vez, um espectador para cada ator, num ato de dissolvimento e classificação, igual a uma família. Mas eu sabia dizer um texto em voz alta, contraponteando sua zamba. Eliot me perdoaria, mas seus *Quatro quartetos* estavam ficando xucros, eles vinham sendo encastiçados, abagualados, levados por diante num caminho que se desfaz, e estavam mais doloridos e mais dentro da alma. Eliot era um bancário, trabalhava no banco do cavalinho preto, na umidade de Londres, esquivando-se da loucura. Gomercindo falara de chaves de mundo vivas nesse poema, que elas estavam ali para serem copiadas e traficadas dentro das moringas de vinho, e ao dizer isso ele, na escrivaninha do Pensário, revirava os músculos da face e o reproduzia de memória de palavra, na pouca luz, e seus cabelos pareciam estar dentro de uma nuvem. Nessa vez eu disse a ele que para conciliar meu sono, nessa altura, necessitava de medicamentos, e que sem eles eu virava um único e imprestável neurastênico. Mas ele não quis saber de bulas ou drágeas, só de um texto que eu sabia de cor. Tentei criar uma história de bibliotecas e namoradas, dizer que sofria um revés de paixão. Não convenci. Não estava em isolamento, mas estava rompido com os meus e isso era verdadeiro. Foi um período de congelação e tudo era etimológico. Passei a andar dentro dos vocábulos e perdido de todas as frases. Não conseguia dialogar. Desenredo e desespero. Não era distância, era afastamento sem desejo. Era desacerto e trânsito. Sensação de secura, retenção, desarvoramento. Uma descoberta dentro da outra, sem elo. Um instrumento que se autodesafina, que recua e se refaz estranho e desarmônico. Eram, às vezes, harmônicos, eram mínimos harmônicos cada qual com uma totalidade de tonalidade, parecia a loucura e suas coisas e suas vidas, suas aparições e despeitos, sensações de remo e resquício. Subi uma rua entre a sombra dos cinamomos e bati na casa de um amigo que não se importava em me ver variar. Propunha-me ele um xadrez sem leis e lia Lorca, e usava uma camiseta surrada onde imprimira: "Somos feitos do material dos nossos sonhos". No meio dessas tertúlias ele me passou um livro aberto e assinalado. Tinha um ar irônico e humorado e disse que era possível envidraçar a tarde com cabelo e tudo, pois eram verdes os lábios com que sonhava. Vivia num sótão de onde cuspia nos transeuntes, sem maldade, apenas para enfurecê-los um pouco e fazê-los procurar além. Catarros. Lembro aquela página, e mais que lembrar eu a recordo transformando-a em voz alta.

Eu mexia com as mãos na terra e a ia dizendo. Fiz as perguntas pausadamente na esperança de ouvir, entremeada às frases, alguma resposta. Como escrever capítulos quando não há mais possibilidade de um todo? Qual rosto têm os seres que perambulam ao largo dos nossos cavalos se já não são visíveis, nem mesmo concebíveis? Onde estão os fragmentos desse enredo estilhaçado, sem sujeito, sem objeto, mas cada vez mais vivo e real e estranho? Nossas vozes o que querem dizer, em meio a nenhuma referência, pois todas as referências se diluíram entre as coisas que passaram a ser diferentes a cada dia? Houve, em algum tempo, referências? Pedras mentais que testemunhassem alguma coisa para sempre? Como saber da nossa cavalgada quando o próprio movimento e direção que pressupúnhamos seu sentido parecem ter sido absorvidos pela areia? E os próprios cascos batem no nada e seguem? Ou seria apenas um trecho dessa terra, a mesma que em minhas mãos se sintetiza em pequenas bolotas, um pedaço difícil dela, talvez não o mais alheio se nem tão seco nem tão certo? Apenas nevoento, garoado, transferido da alma e, solto de nós, habita por fora, condenado a nos condenar alimentando a fome dos nossos cavalos?

Eu sabia que essas perguntas punham Gomercindo dentro de um limite. Mas mais que as perguntas alteradas de um texto alterado era o original daquela página crivada de filosofia que o mantinha na zona de conflito. Ele estava ali, com seus triângulos desfeitos. Senti prazer nisso. Não a decorei em vão. Ele a havia memorizado contra a vontade. Ele dela também era prisioneiro. Eu poderia dizê-la como quem diz uma décima, e seguir repetindo como uma loucura. Eu cuspia num transeunte invisível, mas imaginável, concebível. Alguém disse que tudo o que chega ao coração é justo. Era o momento de eu encurralá-lo, ao gavião só restava a encerra. Construtor de areias, areais, construtor de luz, luzernas. Pé sem taba, tabatinga, saibro sem retorno. Talvez ele saltasse de dentro das varas da sua alma, por sobre elas, e estirasse, tinindo, um genial pulo, até um círculo próximo, onde pudesse vangloriar-se, mesmo de borco, do voo em sobrelombo. Lance entre os dados embarrados. Mas se estivesse de rebolque, sem espojar-se mais, kafkiado nas suas maneias de ronda, seu pealado sonho? O cachimbo, a mordaça retorcendo sua fuça, já sem sentir o fisgão e sem sentido nas patas? As rédeas balançando na mirada, a voz bruta no labirinto da orelha cabana. *Olha o homem, cavalo!* Uma pequena polvadeira do seu ser levantaria. O touro acalhambrou. De vidro imóvel é. O potro serenou. De carnal trincado. Nem por donde. Ele era o cogito. Viria pelo cheiro. Bastava esfregar o verbo no pelego para ouvir seus estalos na picada, seus axiomas polidos vergarem o silêncio, com estro. Eu tinha um bom lote de textos. Ele tinha uma alma preparada para o seu inverno, que intuíra longevo, quando faltasse o calor natural do pensamento, quando ele precisasse se render às impressões volitantes e mesquinhas, ao naturalismo pestilento e deplorável, para enxovalhá-los. Guardara sabedoria para esses instantes de radical aperto. Sairia da cilada. Para quantos ele deu um *upa!* nos momentos condolentes? Isso informa e realinha o atavismo, ele superou tudo, se inventando. Não afrouxaria o garrão. Provido, desafiaria, no limite, novamente. Altaneiro. Viajaríamos de qualquer jeito, como escrevemos, pintamos, filmamos, esculpimos. Quatro cavalos enfraquecidos, dois homens contra a desgraça são quatro, mergulhados numa captura, num encalço, levados sob os chapéus.

– Vai ficar muito tempo por aí? Louqueando? – eu disse. Ele levantou. Caminhando para os cavalos, foi dizendo:

NADA

da memorável crise
ou se houvesse
              o evento
cumprido em vista de todo resultado nulo
humano

TERÁ TIDO LUGAR

uma elevação ordinária verter a ausência

SENÃO O LUGAR

inferior marulho qualquer como para dispersar o ato vazio
abruptamente que senão
por sua mentira
teria fundado
a perdição

nessas paragens
do vago
onde toda realidade se dissolve
EXCETO
à altitude
TALVEZ
tão longe que um local
se funde com o além

Outro dia, quando paramos, fiquei observando o fervor das achas queimando. Os estalidos da madeira populosos, prenhes de tintura, saltando até a dança do lume cobreado. A cor do calor no fundo do céu onde o sol descia, deixando amarelos os baixios, negras as costas das coxilhas, e a várzea nua relicando verde. O sol foi entrando na sua fenda de oestes e cristais colorados, levando o forjar das suas facas para um outro povo. O sol entrega o arrebol de mãos beijadas à tranceira da noite, que logo é toda ela um cobalto de corujas, metabichos, faros, penugem nos trilheiros, toca quente. O sul se recolhe para outro sul de achas e frituras, numa rendilha de luz que sobe até o ferro fosco das caçarolas. O cambará queimava, aqui para nós, seu mundo amarilho colhido em suas sondas de terra e de campo. E depois a linguagem de lâmina líquida e árida ligada no charque na base da trempe. O olor da madeira, o olor do cambará resta na roupa, no olho, no meio da petecência, junto à carne.

Gomercindo dizia algumas coisas para o crepitar, fazia nele um testemunho que diz respeito mais a quem pinta, crepitonisa sua voz e sua cena. Desenrolou um ícone de um pano e o verteu na luz. Disse:

– O transido transportado para uma parede de varanda, a lembrança que as palavras se esforçam para carregar, mas que perdem no translado, pois elas mudam mais que a imagem que gostariam de ter depois, oral e sem peso.

Ele estava quase junto ao fogo e à ilusão, quase de costas, sobre um tronco, o queixo em ângulo apoiado no punho e o cotovelo sobre o joelho. Poderia estar no vazio de Gobi, entre espectros. A baeta vermelha do seu poncho descia dos ombros até o chão confuso. Enleados os dois, ele dizia: onde começa o fogo começa o homem. Ele finalmente voltava à charla.

180 O lado esquerdo do seu rosto, vivo em reflexos, estava calmo como quem dormiu. Mas ele não havia dormido. Há muito não dormia. Olhava o fogo enredar a lenha e a colorir, inalando a cor. Ele estava catalogando o braseiro, o rubro e o dourado, as cores do vento e da infância. A querência.

– Covil de relógios – ele disse – que serão socados pela próxima chuva. O fogo é o verbo do olhar.

Levantei, toquei nas suas costas, ouvi seu boa-noite, que soou boa-nôte, sem virar o rosto. Mesmo estando sempre juntos, nos cumprimentávamos como recém-chegados que se esperavam. Sentei, mas ele logo assoviou para os cavalos, que vieram vindo e eu imaginei o olhar verter deles quatro, as flechilhas pendendo dos seus cílios de pincéis, a paisagem que eles trazem das horas a fio que ficam rente a ela, e que chamamos o mar da pampa. O inverno já madurara as flores dos maricás. E suas ventas estavam enfumaçadas.

Gomercindo pediu que o ajudasse. Não fazia muito que havíamos desencilhado. Por que essa lida agora?, pensei. Ele estava estendendo os laços no orvalho e mexendo nos cabrestos dos buçais. Não entendi. Ele passava os laços por dentro da argola dos buçais até ficar argola com argola e observava as extremidades das presilhas e dos laços e as extremidades das presilhas dos buçais. Ele estava numa encruzilhada de humores. Depois encilhamos. Parecia nervoso. Dos laços que pendiam dos buçais ele levou as presilhas até a argola das cinchas, depois de enrodilhá-los umas nove braças e acomodar as rodilhas no lado direito e quase nas ancas.

Ele poderia estar de recaída. Ficar mais uns caminhos sem nada dizer.
Vinha vindo assim, estava passando por isso. Os cavalos de tiro também estavam unidos às cinchas pelos cabrestos dos buçais sem laços, coisa que não havíamos feito antes, pois nos seguiam livres acompanhando de tiro.

Tudo era preparado em silêncio agora, com minucioso prever, provado pelo tato. Aperados os cavalos, fomos sentar junto ao fogo. Ele disse:

– Estou gasto. Estou gasto mesmo. Gasto de mim, por suposto. Sempre quis fazer uma coisa, mas não me animei solito. Sei que posso contar contigo. Esgotei-me de ver coisas. Vi tanto e tudo. O que mais eu vi foram perguntas, perguntas que não se enxergam. De alguma maneira um homem acaba repetindo todos os homens, desde os remotos. Quando se erra o primeiro atalho, deve se redobrar a altivez, pois já se está na picada. Todos os homens se perdem. Os cavalos sabem escolher melhor que nós um que outro trecho de caminho, mas suas escolhas não nos dizem respeito. Eles retornam ao mesmo ponto, só assim não estão sobre nós, com seus cascos a nos esporear. Há um vento mineral chegando e o sul está laminado e retorcido, perdeu um pouco seu manto cardado e suas indecifrações de paisagem. As portas do sul estão deitadas no chão e longe em longe há longe e longe. O não visto preside o visto. Não sou nostálgico, gosto das coisas que indicam no nome o gênero e o número: o guaraxaim está na borda do mato. O passado dorme nos espinhos. O sul ainda fere a íris dos chibarros no crepúsculo. Eu vim do núcleo dos banhados para as folhas, eu as estou lendo. É uma história pequena e

182 retirada com zelo e cuidado de melador, se tocar no enxame todo de uma vez, se ferroa. Entardece em mim, eu vejo uma casa e ouço os cincerros. As miniaturas da vida são estranhas, vistas daqui, pulsam e se apagam. Eu retorno ao palíndromo do caminho. Mas é tarde. Tudo está silencioso. Os homens aram e galopam. O tempo é uma luz clara e espantosa. Gosto da palavra alvanel. O húmus do fogo é umente. Ele está apagando. Os vultos que se esforçam, há pouco contraste. Estou gasto. Gasto como um sovéu. Sinto-me um manto frágil no vento vigoroso, esgaço. Fios, fios de lesma na laje. Avanço fascinado ao local do avô que eu seria, e recuo, só. E miro a flor perfumada. Eu a quis fora do trânsito real, como uma obra, a pétala. Sombra seguida de sombra nos teares silenciosos, balançam as teias dentro de teias. Um vendaval de rocas escreve por mim contra o sol que se vai. Eu sinto: incêndio, espuma, retrós. Disse alguém que prosperar é adequar-se à esperança. É uma moagem a vida. O moleiro moído. A lua no meu céu nunca se põe, e é a mesma agora. Eu preciso de um artifício, eu preciso ficar à vontade, eu não consigo mentir.

Levantou e foi até os cavalos. Trouxe dois lenços negros, de seda pesada, com franjas. Levantou-os nos meus olhos, tinha um em cada mão, na altura do fogo. No seu olhar havia uma intrigante faceirice. Com os dedos ele remexia a seda, dava bem para ouvir e me anunciava seu plano. Dali para a frente iríamos cegamente. Só com os nossos olhos de dentro. Tranquearíamos por nossa própria cegueira. E chegando bem próximo, perguntou:

– Até aguentar?

— Até aguentar — respondi.

Sentou e passou a dobrar os lenços ao comprido, sobre a perna. Quando dobrados, Gomercindo levantou e na minha frente experimentou um nos seus olhos, nos seus olhos como venda. Ficou uns instantes para que eu pudesse reter sua imagem, que assim ficou sendo a última que guardo dele. O fogo clareava do meio das suas pernas para cima, projetando-o num fundo de mato, com uns raios de luar nos vãos dos galhos. Seu rosto retalhado num falquejo indolor de luz, os veios das rugas enegrecidos, o rosto todo feito de triângulos. Os lábios tinham apenas um breve rebrilho. Parte do nariz e até um pouco sobre as sobrancelhas a vincha tapando, e um pouco dos seus punhos era visto juntos às orelhas. Passou-se um tempo e ele permaneceu ali. Eu pude ver seu semblantema inteiro e sem olhos e anotei em mim. Sextavados, triângulos em sulcos corriam, ranhuras enegrecidas e veios cheios de escuro, finas lombadas, demãos fogoneiras. Um mapa. Uns rumos recortados indicando partes já no esquecimento, sendas amassadas, caminhos picados por outros, corredios, cara com córregos movidos por lumes, centrífugos fachos pequenos apagando e refazendo o rosto em outro e novamente um entroncamento ali sexangular, cinese, semblante eivado por poucas vilas cobertas pela pele, rincões, iluminuras das suas coisas, coisas que verteram do seu interior, filamentos, outra vez a fênix movendo os nervos, cunhando restos de claro, opalinos, redutos de perplexidade ainda, perambulatório de ponteiros delgados e longos, estirados, goivaduras, formatos de formão, aço e seda e coração. Périplo pergaminhado ali, trechos de pés de aves pesadas, repouso, um pequeno espaço de inocência, variações vagantes pelo vento que vai batendo na labareda e varetando até o alto onde abobadam as folhas e a fisionomia permanente ocupa todo o fundo, nos galhos, quase querendo penetrar o próprio vulto lançado, jogado no alto, junto ao céu, a noite e a alma.

– Por que as mães dizem "Olha o passarinho!" para seus filhos? – ele indagou sem mover as mãos: – Não sobrou nenhuma fotografia da minha infância.

Ele retirou a seda dos olhos. Jogou um resto de água sobre as labaredas e brasas. Trouxe para junto de nós os cavalos. Atou-me atrás da cabeça aquele lenço e pediu-me para tocar e ver se estava firme. Eu havia notado um tremor em suas mãos e perguntei se ele não queria que eu amarrasse seu lenço. Disse-me não. Ele queria dar um nó arrabaleiro, um pouco abaixo da nuca, um nó que se usa no lenço quando se está de boina basca, no pescoço portenho, pras querendonas. Trairia o costume, disse rindo. Usaria um nó tão esmerado para manear-se a si. Eu me senti acordado por dentro, no cegor. Logo tropecei em alguma coisa. Ouvi o cavalo de Gomercindo esbarrar. Ele já estaria montado, ou no chão. As coisas começaram a ter outro som. Os sentidos se avivaram. Deslizei a mão na badana e a fui descendo até achar o loro, e ajeitei o estribo. As rodilhas do laço estavam mais volumosas e o cabresto do buçal do cavalo de tiro estirou sob minha perna, tracionado, quando montei. Eram muitas coisas que não havia antes e que me cabia comandar. Toquei de leve com as esporas e ouvi uns gravetos sendo partidos pelos cascos. Nada clareou quando calculei deixarmos o mato, e, dali para a frente, era um calcular.

O vazio estava mais concreto agora. As coisas pela frente, os túneis da estrada antes feitos de empréstimos de percepções, chuva, sol, pó, noite, vento, tornaram-se imediatamente tangíveis, agindo com suprema rapidez, ásperos, de um abismo plano capaz de engolfar na leva de hulha que pairava, rebatendo-nos contra os ocos de nós mesmos, deixando-nos mirar, calados, surpreendidos, o avesso que retinge.

A venda incomodava um pouco e os olhos se moviam como se fora do corpo, roçando-o. Um olhar de fora guiava-me igual à imagem do calendário onde há um olho no centro do quadro da Trindade, mas não era azul. O olhar que acumulamos nos acompanha, dando uma trégua às nossas íntimas hostilidades ao reconhecermos nossos limites. Um pano altera tudo. Os cabelos também estavam naquele enredo e cocavam no lugar da atadura. Esfregar de leve a seda nos cabelos e no couro me dava um pouco de prazer.

– Se coloco a palma da mão contra o vento sei onde estou passando – disse Gomercindo. – É preciso confiar nos cavalos. Eles irão para onde suas mães nasceram, num sul onde nunca a neve cede de todo. Desusei minha coragem em longas meditações, agora me sinto guapo. Quanto mais para a neve, mais distantes do mar. Vou tocar minhas esporas de alto a baixo, primeiro de leve, e agorinha mais forte. Me segue pelo ruído dos meus cascos. Vou virar numa chalacatchaca nessa buraqueira. Como fazem falta os cachorros, que se avizinham por nós!

Ele esporeou com vontade e o tropel margeava os galos das três da manhã. Deixei que ele seguisse naquela estrepolia. Eu tinha os ouvidos nos cascos na estrada. O vento estalava a franja do lenço e as crinas tocavam meu punho. Estávamos todos unidos por uma maçaroca de cordas. Depois não ouvi mais seus gritos. Ia bem longe. Se rodasse, seria um tombo de liquidar Gomercindo. Mais adiante senti o cheiro de figueirilha do seu palheiro biscateado em curtas rajadas, caroços de fumaça, zeros.

– Kibibihúhúhú! – gritou ele. Um eco respondeu: Hiaúúúú!

Assim que emparelhamos, ouvi sua tosse contra a palma da mão, abafada até o soluço.

Tempos depois, quando a poeira começou a marcar a tarja e um suor de inverno a encerá-la, entendi a importância de abandonar o mundo das preocupações. Ouvi falar que certos povos dedicam às crianças grandes espaços onde elas possam desenvolver seus sentidos. Passam horas assim. Não sei o que elas fazem. Não sei como são seus grandes espaços. As crianças e os espaços, em qualquer parte, se parecem. Vendado, sinto o meu redor maior. Anda que estejam ausentes as fantasias, algo nos parece acompanhar. Um certo temor evita que minhas mãos e braços se estiquem. Medo de perdê-los, talvez. A tensão não é forte, mas não posso descontrair-me. O escuro geral me aproxima. Todos os instintos parecem estar entre os olhos, no meio deles, que correm sob as pálpebras. Ali também parece estar meu coração pulsando. Um relance de ouvido basta para aferir o som de nós todos, a unidade persiste. Os cascos não desafinam. O que é de ferro bate num tempo e o que é couro range noutro. Se abstrair demais e for de som todo o pensar, posso cair. Pois rara é a pedra que altera, num casco, a dual composição. Se abstrair, eu durmo. Três tempos fracos, então, para um forte. Não, dois fortes e dois fracos. Os cavalos de tiro pisam leve. Imagino o casco recolhido, em curva no ar, descendo e subindo. Duas curvas, um metro e pouco. E conto um, dois, três, quatro. Sete quilômetros por hora desse relógio, cuja corda é meu calcanhar e sua roseta, que não a tenho usado. Se apertar vai a dez, doze quilômetros. Meus próprios pés, assim, se multiplicam, as esporas não devem ferir jamais. Elas tocam as zonas onde se aninham os espíritos dos cavalos. A própria água os desperta. Se toco de leve na virilha dele, sinto que correm nervos em seu pescoço. Eles nunca são de todo mansos. Uma vez vi um homem perder três dedos nos dentes de um bagual. Os tocos de carne nem no couro penduraram-se. Por instinto, o homem assoprou no sangue e pela mesma veneta enterrou a mão socorrendo-se na terra. A mesma pessoa que benzeu sua mão benzeu o animal que a mordeu. Quem errou? De onde viemos, quem somos, para onde vamos? Qual é a nossa serventia? Através da espessura da venda eu pude recordar um haicai.

Este caminho
já ninguém o percorre,
salvo o crepúsculo.

Sempre imaginei o crepúsculo. Agora não. Um sujeito com uma braçada de caminhos caminhando para o céu. Ele não era mais preciso agora. Quanto mais me aproximo de um crepúsculo, menos nuvens ele tem. O sol não o domina mais. O crepúsculo não é de onde estamos. De menos olhar ele necessita. Van Gogh saiu em direção a ele e chegou nos corvos. Um discípulo de Bashô trouxe o crepúsculo na palma da mão em tintas. O mestre bateu-lhe com vara. Um lobo olhou para o crepúsculo no espelho d'água e mordeu o peixe. Sempre é tarde demais. Restos de rolas, bandos de maçanicos, raspam com a unha o vento niquelado. Os olhos de Bashô viam o saltar do ser. Educou-se. A rã e o pó. Sinto que a noite cai. A pau e corda, nada muda. Coloco minha mão no vento, não sei de onde ele vem.

Estávamos, agora, num caminho em nós, a descer. A sensação era de que o mundo ficara no planalto, tempos atrás. Mas havia outros pela frente, onde retas intermináveis terminavam em arvoredos. Depois passariam eles também. Isso era tudo que eu conseguia prever. Quase como se houvesse alguém nos esperando num ponto distante e final, com um candeeiro na mão bem no alto, onde ao redor dele tudo era onda gretada e vespertina, umas nuvens de paina no céu de boina nova de lua.

– Uma vez vi uma alma girar no fundo de um retrato – disse Gomercindo. – Essa mulher eu amei. Ela estava no estojo de um camafeu e irradiava do olhar um chamado. As pequenas mãos me acenavam. Nas bordas da fotografia o clima ia trabalhando um debruado que alcançava o contorno do corpo, como molestado por vitiligo. O mofo não impedia a vida na imagem. Ela tinha hálito e uma vaga voz na cor insone. Os cabelos nunca mais foram cortados, por isso eles saíam um pouco para fora do escrínio. Ela usava echarpe rosa e uma flor no seio esquerdo. Eu a surpreendia em sua intimidade em horas as mais urgentes. Ela nunca estava olhando para onde a deixei e eu aproximava o ouvido rente aos seus lábios. O cicio durava momentos de vertigem e miragem. O que compreendia eram panoramas ditados do fundo de uma granulação turva, onde o vulto do verbo enfraquecido insinuava a ação consumida. Dos seus lábios, compreendi, saíam as imagens prontas que o meu ouvir não absorvia. Era a expressão da pintura, um diálogo de representações e analogias, sem fonação. Troca de impressões entre metáforas. Sem morfemas, sem semantemas, mas a semântica agora pura, destituída de qualquer vigor oral. Eu ouvia o segredo que ela trazia para mim, um pensamento sem palavras, pictural mas sem cor. Seu segredo nascido do segredo, que agora na simulação icônica perfeita pode aludir ou mencionar. Mas é tudo menção ainda presidida por intento entre mim e ela. Só a imagem não se perde. O que ela queria me dizer não poderia ser dito. O resto foram palavras ao redor dela, palavras que não valem, passadas, agora transfundidas, sem poderem espiar no velívago aspecto entreolhado. Aonde a palavra

190 alcança eu a visitei. Um assédio de tropos, a perda do foco e do conjunto. Isso tudo também passou. Gostaria que um dia tu levasses flores a esse retrato. E se um dia tiveres um, esquece-o. Vive o objeto do retrato. Ela é o sujeito. Esquece, portanto, o sentido. O sentimento é maior. Esquece-te para que ela surja. Gostaria que levasses a flor do linho. Ela gostava dessa, mais que de outra. Se puderes, planta-o. Depois dele, não há o azul.

Paramos para beber em um rio. Ficamos cheios dele. Depois ladeamos. Mais adiante ouvimos vozes que acreditamos ser de pescadores. Cortamos o centro daquele bivaque, pelo cheiro da comida. Tudo estava, no mais, em silêncio. Calamos as esporas e logo sentimos o leito de uma estrada e um trilho sem pedras. De longe em longe me vinha uma falta, uma falta de paredes, de um núcleo sólido onde houvesse alguém fazendo alguma coisa, tarde da noite. Se alguma lágrima em mim havia, ela era absorvida pela tarja. Íamos indo. As duas sedas escuras valiam mais que o braço e o mapa. Se tudo nos faltasse num instante, a última coisa que pensaríamos seria em nos despojar das vendas. E aonde quer que elas fossem, nelas estaríamos. Sempre que desencilhávamos, algo se impunha. A orientação da mão através dos laços. Intuíamos o capuão e nele as coisas se ajeitavam. Comíamos uns biscoitos duros e um charque salgado, que um dia lembrei de passar nos beiços dos cavalos. O vento era uma lata cortante que desenfeitava o cansaço. Nossas frases caíam no silêncio ou no sono. No escuro de um pouso, Gomercindo me passou sua faca pois ela estava pressionando demais suas costas. Disse meio rindo que ela fizera uma mossa em seus rins. Ele tinha algo de simples e espicaçante. O cabo da faca era de canela de avestruz. Dormia como se se apagasse entre seus avios. Tinha um jeito de ser sem ramo e sem rasura. Coisas de um povo que se recolhe. Tudo estava sempre perto das suas mãos.

Algumas horas de viagem, de um dia de mês sem erre, sem sol, talvez de noite, ele falou:

– Ouço as vozes dos transumantes. Os cincerros batem para o mais sul.

Ouviam-se mesmo umas páginas levitando sobre nós, não secas, não verdes, não muito. Senti um ruído como de espora batendo na cambona e um baque murmurante. Tinha uma urgência em arrancar a venda dos olhos, mas interrompi meu punho com a outra mão, que largou as rédeas. Desci e dei alguns passos sobre um solo que se esvaziara. Silêncio, silêncio e lata de cambona e uma roseta de espora girando seu alarde pontiagudo no rebite, o som dela e da lata em falatório, pela nua imaginação, e a minha busca cavada num determinado trecho, sem querer tocar qualquer tecido que pudesse guardar um homem em silêncio. O som dos galos metálicos nos telhados da vila me acudiu, eles estavam envolvidos num redil de bruma esclarecida, as chaminés lançando os círculos de fumaça nas noites de vento, reaninhando os nortes que esvoaçaram na labareda dos fogões, para o alto. O perfil das cristas recortadas para gemer e girar, no gargalo, no cilindro, no tubuloso caminho do fogo esfriando, no pálido que se afeiçoa, do vermelhão que subira pelo lar desde as achas. E assim, sem querer, dei com minhas botas nas dele e no longilíneo perfil que sua aura guardava por momentos. Irreparáveis blocos de imagens caíam de mim como se estivesse sendo sacudido e voltasse a algum tempo. Em esbarros. No luar que retorna. Numa carteia temporal que se mostra para trás. Tudo é sombra, tudo é pouco, tudo é nada. Ele estava caído junto às patas quietas do cavalo. Minha mão procurou seu rosto para fechar seus olhos, mas a seda pesada estava ali cerrando-os. O pacto fora cumprido. Antes eu apenas confiava que ele pudesse estar usando a tarja, mas ela poderia ser apenas um recurso para me entreter nesse caminho. Ele andara comigo às cegas, ele usara somente as siglas do seu saber para envidar o lance das picadas, o matagal e o sestro. Muito mais agora eu procurava um recolhimento, um oco digno, um abrigo memorial, algo que me absolvesse de constatações. Nós temos que seguir. Formaremos um tomo, e o resto desenharemos, e o resto do resto diremos na mesa das pulperias. Em sua testa havia um vago calor. E na busca de tudo que poderia haver e ser dito ainda, eu buscava nele agora uma última frase, alguma coisa que eu pudesse lembrar que me fora dita sussurradamente, num extremo de revelação e angústia. Para ser escrito no chapéu. Suas mãos estavam esfriando, sua garganta, seus cabelos, os lábios haviam chegado a uma expressão definitiva, talvez a uma cor imóvel. Agitei seu rosto com força e para os lados e tive uma esperança em bater-lhe o coração e respirei a sua respiração ausente, secreta. Mas não havia mais nada nele.

Sentei no chão ao seu lado e fui endurecendo minha garganta, soluçando, soluçando e acompanhando-o por um caminho que não é feito de nenhuma coisa. Mas nele andávamos, andávamos com nossos trajes largos. Ficamos observando, num mirar quase idêntico, um ponto com estrela, a boieira se apagando, o mugir da estrela e o desatrelamento que nos aliviava, como um rastro que vai sumindo diante de um portal que resistiu ao fim de uma casa. Segurei sua mão que agora nutria no calor da minha: hora de descangar, hora de uma única estrela no céu ainda sem noite.

Levantei e busquei sua mala com o poncho. Nela bati com as mãos, sobre a lona e a lã enrolada, o som da baguala dizendo umas coisas a ele, com a voz de quem alisa um galo. Era uma forma de canto. Seus cabelos estavam frios. Não estávamos em Santo Isidro, não estávamos em Ácaba, não estávamos em Hannover, não estávamos em Dublin, não estávamos em Salta. Compreendi que um homem, mesmo em situação desesperada, constrói uma cena, como a mão da mãe que engruvinha o que resta de aflição na noite do filho pequeno, na sua nuca, onde os dedos dela se retorcem em paz. Não há campa, não há lápide, estamos os dois na estrada. A escritura levantava seu arado desses derredores. Havia um sono sobre a resteva, um silo cheio, e um pássaro tardio, desalojado e magro, vadiando num céu. Já, em nossa volta, nem se molhava, nem se maravilhava. Já nem se derretia, nem se rengueava. Este é o rogo, este é o redoble. Eu batia com os punhos em seu poncho, e não havia eco. Não havia a menor razão de cobrir o seu corpo contra o sereno, pois ele é um sentimento que decanta, coisas que saem dos olhos da paisagem e vêm nos socorrer.

Tudo passa, tudo cala, tudo é vento sobre a noite. Ali estava um homem e o tempo desse homem, e o que é tempo nele no símbolo é levado, sua intimidade, sua lágrima na minha, como se prosseguisse uma imagem, uma estrofe, uma impermeável perseguição. Tudo passa, tudo é vento sobre a noite. O tempo e o homem se excluem na mesma luz.

Coloquei-o de braços sobre os seus arreios e passei um loro entre suas pernas e outro por sobre a espalda. Atei os estribos e deixei que o chapéu pendesse um pouco fora da sua cabeça. Toquei com os dedos a frase que ali fora gravada. Ele seguiria comigo. Apresilhei seu cavalo ao meu e voltei a montar. Havia uma vasta zona de sombra pela frente e por dentro, e fui calando as esporas, uma a uma, como se em dois andasse um único cavalo, bifurcado, azul de brilho na noite para sempre. E os que viessem rastreando sonorizariam com os cascos a ilusão de uma tropilha polvorosa, esfogueteada, ambígua e compacta, que tinha um centro enlouquecido, curioso e gavionante.

Não tirei minha venda. Ela estava úmida, empoeirada e muito firme. Talvez estivéssemos próximos das coisas que não sabíamos. Ele havia dito que nelas chegaríamos. E deveríamos atraiçoar esse instante usando uma arma que na escuridão faz o fio.

INVERNO

Muito tempo depois as coisas retornam. Estamos apenas mais centrados, pois estamos num universo de paredes cientes da casa toda. O frio... lá fora. É frio lá fora. Penso que uma mulher estende no quarador pêssegos para secar. Eles passarão congelando até chegar ao sumo. Eu imagino sempre à noite e é dentro dela que recolho o bronze dos talos verdes, a gavinha da hera trama sua flor num atalho, arrastando consigo a raiz e o acaso. O ramo qualquer. São confidências, mas o que existe além delas? Que importância têm as coisas sem seus segredos? Quarador e pêssegos, tão distantes são um do outro. Mas alguém os une sob o inverno: a rosa em calda, a madeira tesa e acinzentada, a retina que vai envelhecendo no arrebol veloz. Uso uma velha caderneta para dizer isso. Ela está tomada de pequenas notas que só no inverno podem ser lidas. Ninguém consegue chegar ao fundo dessa estação, mas quem se apressa conseguiu. Os esquiladores conhecem bons trechos do inverno. De todos os rebanhos, eles se fixam em um velo, e quando sujeitam a ovelha e abrem com as mãos a flor quente da lã entendem sua escritura. Correm a palma na cera que impermeabiliza o interior do tufo róseo, sem sequer distender o nuançado caracol. Leem com a ajuda do sol na onda dos fios os mínimos anéis de sinais da vida levada desde a última tosa. Sabem que um velo fala de outro, e é um ano entre os demais assim que o frio passar. Para ler a memória do velo basta compará-lo com a memória de outros de invernos anteriores, chegando à infância da linhagem, no ar, na água, na ruga. Intempérie, zelo, encordoar. Começo e fim sob a boina de esqui-

196 lador no inverno. Veladuras. Ele monta e vê do alto, e atalha o rebanho atravessando um mar branco.

Os cavalos velhos não morrem no inverno: morrem no sol de fevereiro quando seca a graxa dos seus rins. Agosto talvez sim seja o mais cruel dos nossos meses. Eliot toleraria esse encaixe. Mas o que é cruel ao homem nem sempre é cruel ao objeto do homem. Temos varrido em alto estilo o canto das calhandras. Mas mesmo em menor número elas não abandonam os pica-paus. Entanguido, numa noite quando eu estava lá fora, alguém me deixou esta lembrança de haicai:

A
folha,
frágil,
falqueja
o ar.

Seria "lá fora" um lugar além das nossas paredes? Ou um espaço na calçada sob a luz do poste, na geada, num círculo? Ou muito longe, no ermo, junto à grota, onde os caminhos têm cruzes e depois um fino senso de serpente? Observei o trabalho da folha fatiando o vento. Escamas, estames, zinir. O que queria ela com aquilo? Ela estava trêmula, trêmula de lida. Era o espaço de sua escritura, sua mesa, seu machado, sua ideia de forma e fixação. Uns quantos materiais de labor ela possuía, e trabalhava a razão do seu movimento, transformando-o, dando-lhe um inconsciente e uma subjetividade. O ar era diferente depois de passar pela folha. Tinha um feitio improrrogável. Uns utensílios, umas ferramentas, umas coisas a folha usava. Não sei por que ela nunca mudou-se dali, se a sua cor havia partido. O inverno, quando é bem rigoroso, deixa umas lenhas no sol.

PRIMAVERA

Havia a loção Coty. Nas nossas cidades montávamos "Ranchos de Tradição" e era cordeona da manhã à noite, declamação e oratória. A "Semana do 20 de Setembro". Era uma retemperança. Pessoas em desuso reanimavam. Era uma cavalhada por sobre o nosso passeio. Estéreo e loção Coty. A Pira da Pátria estava acesa. Uma dessas Semanas me pegou lendo *O velho e o mar*. Nos arrabaldes se churrasqueava gratuitamente. Vinho barato e cachaça. Nunca se caiu tanto de potro como nessas festas. Nomes de heróis reencarnavam e os patrões de CTGs sabiam um tanto de história. Eu me esforçava para ver os barcos sobre os campos que Garibaldi navegara. Nada era muito preciso, o peixe grande estava no fundo do mar, na linha de Santiago. Nos nossos colégios as coisas tinham exatas cronologias. Morreu beltrano no Cerro, assinaram tal coisa tal dia. No final de tudo, o que ficava era uma sensação de Coty e estéreo, um moderando o outro. E um ar ridículo em nós, que dá mais mistério à felicidade. No fim da noite do dia 20 as datas voltavam a se reencontrar. Havíamos comemorado a cepa farroupilha. Um longo aceno para trás nos colocava um pouco no futuro. Um homem fazia sentar seu cavalo sobre o sereno do asfalto. As festas, então, acabavam. Os índios trocavam de roupa. Os gaúchos enrolavam suas pilchas. Éramos apenas brancos, negros e índios novamente. Santiago passou a noite dormindo sobre os jornais. No sul pesquei à margem de um rio, e dava bem para lê-lo. Um texto claro, prateado, também dourado. Nas manhãs sua fumaça lembrava um lenço de seda na copa inquieta das árvores. As flores nelas, na rede da névoa, eram de névoa colorida, e tinham um olhar que mesmo a seda mais pura permite transparecer.

VERÃO

A rua começou a ser calçada numa tarde de mormaço e as senhoras com aqueles leques de tampa de lata foram envolvidas numa polvadeira fina e insuportável. A rua foi toda preparada para receber pedra-ferro. Linhas paralelas foram estendidas de ponta a ponta dela e os carrinhos de mão deixavam de eito em eito terra fofa, areia e pedras. Um canteiro de obras. O vento era norte e o céu chumbo com algum vermelho nas barras. As pedras não tinham forma, mas deveriam, nas marretas, criar um lado anguloso. O lado assim esquinado entrava na terra e os vãos entre as pedras eram preenchidos por pedras. Martelos em série davam nas pedras e assim era, ferro e pedra. Um seriado áspero, urgente, espicaçante. Os homens recuavam deixando à sua frente o calçamento, dentro das linhas, de costas para o campo, calçando. Num entardecer garoou. O que restava de terra sobre as pedras penetrou no ralo das pedras. A lua bateu sobre elas, de comprido, e as fez rebrilhar. Era a túnica da terra. A terra abotoada. A rua era nova. Os pés descalços sobre ela requeriam uma certa prática agora. Os cantos vivos das pedras talhavam as solas. O sol, muito quente, amaciava os arbustos, menos a pedra. Umas quantas palavras novas surgiram ao longo da rua: sarjeta, calçada, meio-fio, urbanismo, asseio. Um jogo está sob as pedras. Um brinquedo que não se adaptou à pedra, e ficou no fundo dela, pregado na terra. A polvadeira sumiu. As casas puderam ter cores claras. As vestes também. Pela mão do homem a pedra tem um sentido. O ângulo da pedra ganha um silêncio e uma habitação. As coisas mais desconhecidas reúnem sob o sol que as escalda.

OUTONO

Uma tropa avançava nervosa no meio da chuva. Um panorama várias vezes riscado, escrito sem calma, estampido quase, mesmo em sua memória. A chuva caía em rebojos misturados de vozes com muito vento. Cilindros. O lombo das reses não me pareceu úmido, seus flancos, mas suados. A chuva vinha de dentro da tropa. Era um gado negro e brasino, irritado, sob uma cor chumbo agrário que os atava ao movimento. Uma esfera deslizando rumo à cidade. Como estacas de barraca, cônicos, sob capas e ponchos, os homens distribuídos e destacados naquele círculo, na altura dos respingos, acionavam os relhos geométricos. Os cães sob os cavalos davam normalidade ao reponte. Os estalos e os assovios explodiam a chuva, que os vencia e silenciava. Por onde passavam, a pequena e frágil estrada mostrava o avesso do rumo e a chuva batia no vergão da terra, cor de um sangue globoso. A tropa adquiriu autonomia como se levasse nos cornos a rédea dos cavaleiros. Bicho intui e tem pressa. Num pontilhão penetraram os silenciosos peitos dos touros e logo a madeira foi mastigada pelos cascos, e o som do trovão, do relho na chuva e do dente nos freios, cessou. Não recordo seus rostos sob as abas pingando. Agora o retângulo da tropa cinturada sobre o rio é quase estranho para mim. As cordeonas sob as capas nunca molharam seus foles. Os baralhos, folgados nas algibeiras, sobreviveram ao temporal. De um posto a outro os homens levam protegidamente apetrechos de encantamento. Há uma unidade nas tarefas. Uma sinalização invisível separa as coisas. Levam o fogo sob a chuva. Som de cordeona na chuva, fogo na água, o sul saltando nas poças. Em comitivas, raramente se olha para trás. As cercas vão desabando contra o pelo e o couro afiados, canos de bota e estribos. Os caminhos se largam. As coisas avançam. O arrabalde teve um formato de tropa e um hábito negociado com as necessidades de quem tem que passar, contar um causo, pousar um pouco, alçar a perna e sumir. Alguns povos mudam primeiro a maneira de sonhar para depois mudar o fazer. Outros o fazem na sonolência, utilizando as ferramentas que guardam debaixo das camas. Certas vezes tudo é feito ao sabor do sobressalto, onde a ação e o sonho se unem e se confundem, sem limites. Deslocar um e outro, arredar, ouvir o barulho dos pés da cama no assoalho de tábua do quarto. Talvez o fazer mude o sonho. O que não existe diz do que existe. No meio de um corredor, no fundo dele, no início dele posso lembrar melhor. Mas eu estou numa casa, não sei se esta ou aquela. Tudo na noite ressoa. Tive um livro que extraviei. Tratava de um povo que não conseguia mais usar sua linguagem, pois o conteúdo das palavras-chave fora alterado ou esquecido. Mas no texto havia uma esperança e numa altura da narrativa testemunha: um lugar é habitado e habitável quando dele se pode ter saudade, sempre e somente saudade.

NOTA DO AUTOR

Nas páginas 114 e 188-9, o personagem Gomercindo diz trechos de "Um lance de dados jamais abolirá o acaso", de Stéphane Mallarmé, na tradução de Haroldo de Campos. Na página 199, o personagem-narrador lembra um haiku de Bashô, também traduzido por Haroldo de Campos, via Octavio Paz. Durante o livro, algumas passagens fazem referência a outros escritores. O autor não os cita devido à troca de paradeiro dos textos originais, o que tornou impossível qualquer fixação de créditos precisa. Resta, nessa lacuna, a consoladora e paradoxal descoberta de Jorge Luis Borges: todos os livros são o mesmo livro e, abomináveis como os espelhos, repetem a mesma palavra.

POSFÁCIO PARA A SEGUNDA EDIÇÃO

LUÍS AUGUSTO FISCHER

Muitas coisas estão de cabeça para baixo na organização e na alma deste *Assim na terra*. A primeira se vê logo na epígrafe, tirada de um melancólico T. S. Eliot, em *O enterro dos mortos*: "Leio, quase toda a noite, / e no inverno vou ao sul". Um inglês, no frio do inverno, vai ao sul em busca de calor, é claro; mas um escritor do sul do Brasil, se no inverno caminha mais para o sul ainda, o que encontra é mais frio.

Jamais poderemos saber com certeza de Luiz Sérgio Metz o que exatamente pensou ao escolher esses versos para abrir sua obra. Isso porque ele não se pronunciou sobre o tema, e agora já não conta entre os vivos: faleceu em 1996, na entrada do inverno, na Porto Alegre em que viveu a maior parte de sua vida adulta. Lançara a primeira edição deste livro no ano anterior, alcançando com ele algum destaque entre leitores exigentes e amplo acolhimento entre os muitos amigos, mas bem longe da consagração literária.

Não era estreante em livros; também não era noviço em matéria de textos escritos: formado em jornalismo, viveu profissionalmente desse ofício, havendo publicado reportagens e textos autorais em veículos do Rio Grande do Sul. Tendo vivido, na intensa juventude, uma vida política na esquerda, foi como jornalista ligado ao PT que trabalhou em assessorias de imprensa no Sindicato dos Bancários de Porto Alegre, na época do dirigente Olívio Dutra, e depois na Prefeitura Municipal de Porto Alegre, na área da cultura, nas gestões do mesmo Olívio e de Tarso Genro.

Tudo isso hoje soa a coisa antiga: militância política desde os tempos da universidade, organização de partido de esquerda, governos iniciais do PT no país. De fato, o Brasil veio a conhecer, depois da morte de nosso autor, uma ascensão notável do partido a que era filiado, que alcançou o governo federal, no qual permaneceu várias gestões, executando (na melhor das faces) políticas distributivas e democratizantes que nos anos 80 eram apenas sonho e chafurdando o pé em lamas antes inimaginadas (na pior). O que teria feito Metz nesse percurso?

O que de mais relevante se poderá indagar, porém, não é nada dessa ordem. A pergunta dolorosa, entre todas as irrespondíveis, para quem lê *Assim na terra*, é bem outra: o que ele teria escrito depois desta impressionante experimentação literária, desta narrativa tão densa, que junta de modo criativo o apego aos detalhes realistas do mundo rural sulino, de larga tradição literária, com os ousados voos de linguagem que aproximam claramente seu livro de um restrito grupo de criadores de vanguarda no Brasil?

***

Dadas essas impossibilidades, que a morte precoce impõe sem apelo, venhamos ao concreto. Luiz Sérgio Metz, que todos os amigos conheciam pelo apelido vindo da infância, "Jacaré", ou, menor ainda, "Jaca", nasceu em 1952, na cidade de Santo Ângelo, região noroeste do Rio Grande do Sul, a poucas dezenas de quilômetros da fronteira com a Argentina. Uma das cidades "missioneiras", quer dizer, que nasceram no começo do século XVIII como missão jesuítica e que se tornariam ricas e desenvolvidas a partir do trabalho dos índios guaranis convertidos, Santo Ângelo viria a ser, no século XX adentro, uma das cidades estratégicas da produção de soja. Foi nessa cidade que aconteceu a vida de gente como ele, de origem social simples, descendente de imigrantes alemães e italianos que para lá foram levados em fins do século XIX como trabalhadores braçais, pequenos proprietários ou artesãos de algum ofício (caso de seu pai), que entrelaçaram suas histórias e expectativas na trama secular de uma terra de índios cristianizados, caboclos e gaúchos vaqueiros. Foi nela também que leu, aos quinze anos, *A mãe*, de Gorki, que dava como ponto de referência para seu gosto pela literatura e pela "luta proletária", como então se dizia.

Estamos falando de uma circunstância histórica do interior profundo da América, em que populações de muito antiga presença no continente, como os guaranis, conviveram em regime comunitário liderado por jesuítas espanhóis vindos após Colombo e Cabral, arranjo esse que foi combatido em meados do século XVIII (na chamada Guerra Guaranítica), dando origem a estâncias de criação extensiva de gado (o exemplo mais conhecido no Brasil é o da família Vargas, de Getúlio, estabelecida na mesma região, na vizinha cidade de São Borja), nas quais trabalhavam índios e

210 mestiços que viriam a constituir o que hoje chamamos brevemente de gaúchos, gente sem origem ou inserção social muito clara, mas de grande valor na lida com o gado e nas guerras de fronteira. A esse quadro, dominado economicamente pelo latifúndio nas partes nobres da terra, se agregou a chegada dos imigrantes europeus, vindos para o trabalho em pequenos lotes rurais, nas regiões mais afastadas ou menos nobres, e para os trabalhos especializados, na cidade.

Vista desde a costa litorânea brasileira mais tradicional, como o Rio de Janeiro ou Salvador, essa experiência social – reduções jesuíticas altamente organizadas, depois as estâncias de produção de gado, mais adiante a chegada dos imigrantes para o trabalho braçal, e finalmente a chegada da soja, que engendrou mobilidade social e modernizou toda a região – tem qualquer coisa de sonho, ou de pesadelo; mas se trata de um encontro real, que a história daquela parte da América impôs; é um daqueles fenômenos que no interior brasileiro nada têm de estranho, bastando ver as formações econômicas e sociais que hoje alcançaram até os limites extremos o território brasileiro, de que temos exemplo desde o Paraná, Mato Grosso e Goiás, chegando ao oeste baiano, a Rondônia e Roraima. Nosso escritor, como se verá, soube colher frutos daquela pororoca cultural.

Criança e jovem dos arrabaldes de Santo Ângelo, Metz conviveu com descendentes de imigrantes alemães, italianos e polacos, da mesma forma como brincou e estudou com descendentes de índios e com meninos luso-brasileiros da região. Viu passarem por sua rua carretas pu-

xadas a boi, que pegavam o rumo da fronteira com o norte da Argentina
em comércio miúdo de produtos da terra ou do artesanato, em jornadas comandadas por gaúchos que em outro tempo haviam sido domadores de cavalos, condutores de tropas de gado a pé em direção às charqueadas, ou mesmo, quem sabe, valentes lutadores em alguma guerra pública de fronteira, ou em certa escaramuça privada, a mando do coronel. Na passagem da juventude para a idade adulta, presenciou a chegada das modernas máquinas plantadeiras e colheitadeiras, que mudaram mais uma vez o panorama local em favor da uma monocultura ao mesmo tempo rica e ecocida que transformou os tipos sociais antigos – o índio, o gaúcho, o imigrante – em proletários.

Foi ao cumprir serviço militar, em Alegrete, que veio a lidar diretamente com cavalos, desenvolvendo com eles uma intimidade que cresceria ao longo do tempo e que se completaria depois, quando viveu alguns anos numa estância em Cachoeira do Sul. Como explicar a importância dessa intimidade com o cavalo? Aliás, por que tal relação teria alguma importância? Bem, o leitor verá, ou já viu, que literariamente o nexo entre homem e cavalo está no centro de interesse da vida que vai contada em *Assim na terra*, muito especialmente na terceira parte do relato, que se estrutura em torno de uma longa e definitiva cavalgada. Mas é mais que isso.

Ocorre que há uma densa ética implicada nas histórias do mundo a cavalo. Basta recorrer ao mundo do extremo oriente, ou evocar a vasta mitologia estadunidense, ou, mais de perto, chamar ao palco da memória a obra de Simões Lopes Neto e a de Guimarães Rosa – em qualquer dos casos encontraremos motivos para levar a sério a força que pode ter o conhecimento direto da lida com esses nobres animais e com um conjunto amplo de nexos sociais e culturais que a ela se conectam. Para fazer um pouco de drama, digamos que toda literatura do mundo a cavalo nos mergulha imediatamente numa tradição milenar, indígenas primitivos caçando montados em pelo, Gêngis Khan conquistando impérios já dispondo dessa extraordinária conquista que foi o estribo, Custer empurrando a fronteira do novo império por cima dos índios, ou ainda Dom Quixote afrontando inimigos mais perigosos que os reais, Martín Fierro fugindo das autoridades opressivas de um Estado que nunca compreendeu, gaúchos borgeanos vivendo sua ética guerreira já no crepúsculo da era do herói montado. Tudo isso precisa ser levado em conta na singela aquisição de experiência de Sérgio Metz, que nunca foi o mesmo depois de conquistar diretamente o para ele essencial domínio do cavalo.

***

Não é que Metz se tenha tornado um dependente do cavalo ou do mundo bruto da lida campeira. Pelo contrário, até: feito o serviço militar, na altura dos vinte anos mudou-se para a cidade de Santa Maria, localizada no centro geográfico do Rio Grande do Sul, onde se localiza uma grande universidade federal, em seu tempo a mais desenvolvida das universidades fora das capitais e da costa litorânea. Ali, a partir de 1972, cursou, inicialmente, filosofia, opção que denota o pendor não para o mundo das ciências duras como agronomia, engenharia florestal ou veterinária, cursos de fama na cidade, mas para a especulação e o pensamento. Sem concluir esse curso, passou a cursar jornalismo, em que se formaria.

Vale acrescentar que Santa Maria foi muito mais que uma universidade, para ele e sua geração. Sendo uma cidade universitária interiorana, já por isso atraía, como ainda hoje atrai, milhares de jovens de um vasto raio de centenas de quilômetros. (O leitor talvez se lembre da tragédia da boate Kiss, ocorrida no começo de 2013, que vitimou mais de duzentos e trinta jovens, em sua maioria estudantes universitários, justamente em Santa Maria.) E quem diz juventude diz invenção e ousadia, diz solidariedade e parceria, tudo isso temperado pelo contexto político da época: auge da ditadura militar iniciada em 64. Nos anos 70, ser jovem estudante universitário implicava imediatamente engajar-se, em algum nível, na luta pela democratização. Sérgio Jacaré nadou de braçada nesse mundo todo, tendo sido uma liderança importante em seu contexto.

No plano da formação cultural, duas outras variáveis. Dada a proximidade de Santa Maria com o mundo hispano-americano (cerca de trezentos quilômetros), para ali convergiam alunos de convênio de diversos países da América do Sul, além de extraviados argentinos e uruguaios. Não é demasiado afirmar que em Santa Maria, como em Rio Grande, Pelotas e Porto Alegre, todas elas sedes de universidades federais, fermentou uma dinâmica integração por sobre as fronteiras nacionais, no Cone Sul, que pôs em circulação gente como Mercedes Sosa e Atahualpa Yupanqui. Por outro lado, também na cidade em que estudou nosso escritor, configurou--se parte importante de um movimento cultural gaúcho que se expressava basicamente na forma de festivais de música. Não se tratava do antigo e conservador "tradicionalismo", mas de uma variante jovem, com traços de relativa rebeldia política, que se chamou "nativismo" e cuja consigna era frequentar os mesmos velhos temas locais relativos ao gaúcho e ao pampa, mas segundo uma visada inconformista e popular que sublinhava os aspectos altivos, insubmissos do gaúcho diante dos poderosos.

Era um caldo de cultura dos mais interessantes: os nativistas queriam entrelaçar, na estética e na política, as raízes da cultura popular do Rio Grande do Sul com as do Brasil e da América Latina, sem exceção; queriam reunir os gaúchos, os índios e o homem simples de toda parte: nada de aceitar a lógica da divisão dos países, nada de considerar estrangeiro o que derivava do povo. (Figuras do povo urbano, como o operário, eram entretanto ausentes de seu horizonte estético.) Curiosa combinação de localismo com acento popular, que levava a valorizar cancionistas, músicos e escritores de alcance apenas regional, como Jayme Caetano Braun, Noel Guarani e Aparício Silva Rillo, com um marcado internacionalismo, tudo concebido, nos melhores casos, segundo uma perspectiva culta, como cabia a gente universitária que lia Rulfo e García Márquez, Cortázar e Scorza, Borges e Eliot.

Sérgio Jacaré Metz foi um dos melhores resultados desse caldo, certamente o melhor deles quanto ao aproveitamento literário. Mergulhado nesse ambiente fértil, começou a tramar sua literatura e emprestou seu talento de poeta a canções de vários compositores, em particular as de Luiz Carlos Borges (este, uma das referências estéticas do hoje famosíssimo Yamandu Costa), a partir de 1979.

***

Quando ele começou a fazer literatura? Na forma de livro, a data é precisa: em 1977 saiu um pequeno volume de contos organizado por uma Cooperativa de Escritores Gaúchos, um livro de combate político intitulado *Histórias ordinárias*, em que aparecem três contos de Metz. Foi uma experiência limitada, que se desdobrou com o lançamento de seu primeiro livro solo, *O primeiro e o segundo homem*, contos, pela editora Martins Livreiro, de Porto Alegre, em 1981. (A obra foi reeditada em 2001 pela editora Artes e Ofícios, também porto-alegrense.) Em 1986, o segundo livro individual, a biografia largamente inventiva de Aureliano de Figueiredo Pinto (1898-1959), escritor e poeta, parceiro de juventude de Raul Bopp, pela editora Tchê.

Em todas as histórias e textos desse período já aparece a marca da abordagem dramática, focada preferentemente na vida dos de baixo – homens em duelo insano, artesãos atropelados pela indústria, família pobre abandonando a terra para tentar a sorte na cidade, crianças interioranas brincando com restos do mundo adulto –, numa perspectiva no geral tematizando a brutalidade imposta aos derrotados, tudo costurado com os fios da memória pessoal, do depoimento sofrido, e erguido contra o pano de fundo das violentas transformações econômicas e sociais advindas da mecanização da lavoura e da mudança de costumes a ela associada.

Se faltassem elementos de interesse na vida de nosso autor, poderíamos acrescentar uma pequena façanha desse período: em março de 1980, Jacaré e dois amigos (Tau Golin, futuro historiador, e Pedro Osório, jornalista) percorreram, a cavalo, cerca de seiscentos quilômetros, desde o centro até o extremo sul do estado gaúcho. Movia-os um interesse ao mesmo tempo jornalístico e estético, além de político: queriam fazer uma longa viagem, fora das estradas grandes, passando por fazendas e povoados remotos, para ver se a televisão já tinha modificado os hábitos da gente comum. Lembremos que um ano antes Cacá Diegues lançara seu *Bye, bye, Brasil*, filme que tratava do mesmo tema, mas focalizando o nordeste e o norte do país. Pois os três jovens viveram essa peregrinação extremamente desconfortável e a relataram, ainda em 1980, nas páginas do então maior jornal sulino, o *Correio do Povo*, causando impacto notável. (Somente em 2006 o instigante e histórico material viraria livro. *Terra adentro* foi publicado pela editora Arquipélago, de Porto Alegre.)

Nos anos 1980 casou-se e foi viver por alguns anos numa estância, em outro município gaúcho, Cachoeira do Sul. Teve dois filhos, Pedro e

Anahy. Mudou-se para Porto Alegre, mantendo porém intensas relações com Santa Maria e com as Missões. Em meados da década, agregou em torno de si e de suas ideias estéticas um grupo de música que fez nome por renovar a cena ligada ao nativismo: o Tambo do Bando. Desde o nome, com aparência de desequilíbrio ou de desordem (um "bando" ou uma banda que tivesse ligações com um "tambo" seria mais compreensível), o Tambo arguiu as divisões entre o que era visto como legitimamente gaúcho e tradicional e o que era não-local e moderno. As letras de Metz (compôs mais de cinquenta), defendendo posições inconformistas – a favor da liberdade e da igualdade, contra as opressões de toda ordem –, ao mesmo tempo que profundamente líricas, expressavam-se muitas vezes em um discurso a que não faltava uma pitada de surrealismo, em franca dissonância com o verismo costumeiro da arte gauchesca.

Na capital do Rio Grande do Sul, Jacaré expandiu seu círculo de atuação. Militou politicamente, trabalhou, escreveu muito mais. Começou um mestrado em literatura brasileira na UFRGS, momento em que aprofundou o contato com autores de sua eleição, como Jorge Luis Borges e Guimarães Rosa. Cogitou uma dissertação sobre contos de Machado de Assis, que não chegou a realizar. A vida se acelerou com a chegada do PT ao poder municipal, no final da década, tendo em Metz um participante de destaque no campo cultural. Na época, passou a escrever muitos textos, sempre belos e originais, para amigos que viraram secretários ou deputados.

218 A culminância de sua obra se deu em 1995, com o lançamento da primeira edição de *Assim na terra* pela gaúcha Artes e Ofícios. O livro tem um tanto de passado mítico em sua composição – um homem caminha por trilhas estreitas, fora das grandes estradas, em busca de algo que não se sabe o que é; ao mesmo tempo habita lugares que já conhecia, de alguma forma; seu desenvolvimento guarda características de relato de iniciação transcendental – o mesmo homem passa uma longa temporada num estranho "Pensário", galpão concebido para nele se pensar; e seu desfecho vizinha com a poesia e a alegoria, mas uma poesia que relata e celebra a perda, não o triunfo, na forma de uma insana cavalgada do protagonista com um amigo que figura como sábio.

Em busca de quê? Para onde vão os dois? Nada é muito nítido a esse respeito. De linguagem magmática, com ritmo de cornucópia de imagens, sons e alusões, o livro não esclarece as coisas, mas marca profundamente os leitores que se arriscam à aventura de suas páginas. (Em 2012, o antigo parceiro de Metz, Vinícius Brum, editou o CD *Assim na terra*, que dá relevo a trechos da prosa poética do livro e adensa os feitos de Metz.)

Nos últimos meses de vida, escreveu muito: era cronista do jornal *Zero Hora*, continuava a colaborar anonimamente para publicações políticas e culturais (textos e legendas para cartões-postais da Secretaria de Cultura de Porto Alegre, por exemplo), deliciava os amigos com sátiras ao mundo da política cotidiana em que vivia. A morte, em junho de 1996, veio colhê-lo na reta final da redação de um belíssimo álbum sobre a Usina do

Gasômetro, antiga geradora de energia transformada em centro cultural (material que viria a ser publicado pela Prefeitura de Porto Alegre em 2001). No texto, o escritor postulou uma história mítica para a fundação da usina, afinal geradora de energia e de luz: nos inícios de seu funcionamento, a versão de Metz inventou o comparecimento de todos os fogos imagináveis na redondeza – a vela do Negrinho do Pastoreio, a luz da Princesa Moura, a feiticeira Teiniaguá, assim como a famosa Mboitatá, a cobra de fogo da mitologia guarani, e ainda as lamparinas das famílias humildes de todo o estado. Todos os fogos, para fazer um fogo único.

Como Borges, que descreveu em famoso poema a fundação mítica de Buenos Aires, Luiz Sérgio Jacaré Metz refundou a literatura do sul brasileiro, verticalmente, abrindo-se ao mesmo tempo para o mundo todo, para todo o infinito horizonte da vida humana.

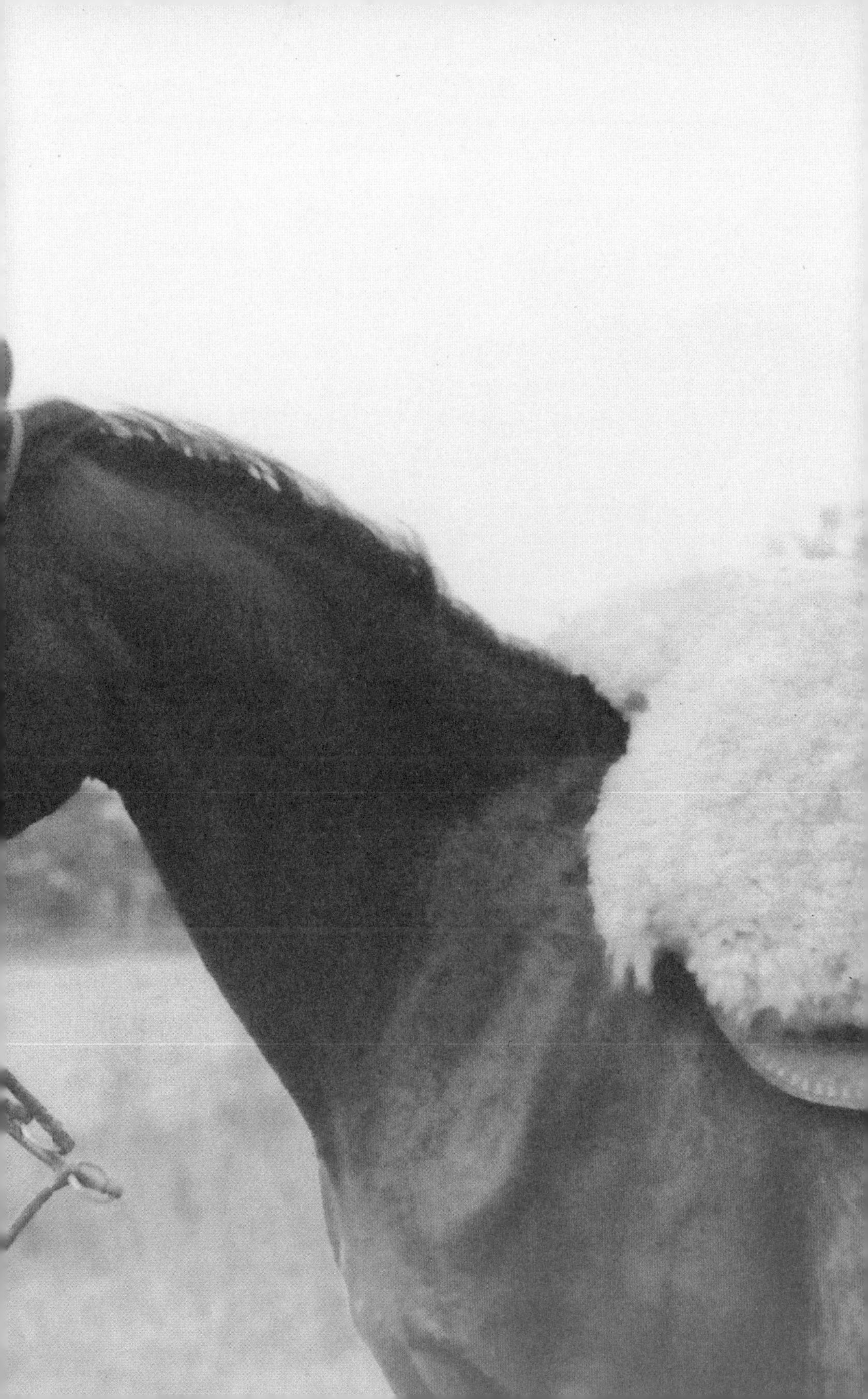

1ª edição: Artes e Ofícios, Porto Alegre, agosto de 1995

CRÉDITO DAS IMAGENS
capa: *Pampa, Aceguá, 2004.* © Leopoldo Plentz
p.220: *Luiz Sérgio Metz com Zaina.* Arquivo Pessoal Anahy Metz e Pedro Metz

COORDENAÇÃO EDITORIAL Heloisa Jahn
PREPARAÇÃO Luciana Araujo
REVISÃO Cristina Yamazaki e Valquíria Della Pozza
PROJETO GRÁFICO Nathalia Cury
PRODUÇÃO GRÁFICA Sirlene Nascimento

Agradecimentos do autor para Luís Augusto Fischer, Tau Golin, Paulo Zílio, Priscila Barreto, dois Santos dos Santos e Dilan Camargo.

1ª reimpressão, 2014.

Nesta edição respeitou-se o novo Acordo Ortográfico da Língua Portuguesa.

Dados Internacionais de Catalogação na Publicação (CIP)
(Câmara Brasileira do Livro, SP, Brasil)

Metz, Luiz Sérgio [1952-1996]
Assim na terra: Luiz Sérgio Metz
Posfácio para a segunda edição: Luís Augusto Fischer
São Paulo: Cosac Naify, 2013
224 pp.

ISBN 978-85-405-0469-1

1. Ficção brasileira I. Título.

13-06796 CDD-869.93

Índice para catálogo sistemático:
1. Ficção: Literatura brasileira 869.93

COSAC NAIFY
Rua General Jardim, 770, 2º andar
01223-010 São Paulo SP
cosacnaify.com.br [11] 3218 1444
atendimento ao professor [11] 3823 6560
professor@cosacnaify.com.br

FONTE Maiola Pro
PAPEL Pólen bold 90 g/m²
IMPRESSÃO Loyola

ISBN 978-85-405-0469-1